頑張ろう。このマリウス領で……
生きていくんだ。
地上に落とされた《戦と断罪の女神》
アテナ

アローの婚約者
リューネ

アスモデウス領主
サリヴァン
アローの専属メイド
モエ

辺境に追放された青年領主
アロー
アテナの巻き添えで赤子化した
《愛と幸運の女神》
フォルトゥーナ（ルナ）

超辺境の領主アローの生活

～濡れ衣を着せられ追放されましたが、
二人の女神と新生活を送ります～

さとう

ぶんか社

C O N T E N T S

第一章　全ての始まり

この世界は中心王国バアルによって、七十二の領地に分割され、七十二の貴族が管理してる。

俺ことアローは、そんな七十二の貴族の一つである、セーレ家の長男坊だ。

七十二の貴族なんて言ってもピンキリで、強い力を持つ貴族もあれば、俺んちみたいな弱小貴族もいる。現に、セーレ領なんて小さい。大きな町もないし、自慢できるのは雄大な自然くらいだ。

だけど、俺は現状に満足してる。婚約者もいるし、可愛《かわい》いメイドもいる。

辺境とはいえ貴族だし、将来も安泰だ。楽しいこともいっぱいあるし、やりたいこともたくさんある。学ぶこともたくさんあるし、領主として期待もされている。

だから、あんなことになるなんて思わなかったんだ。

全てを失い、一人路頭に迷うことになるなんて。

俺の人生は、始まったばかりなのに。

◇◇◇◇◇

「ほら、起きなさいアロー!!　可愛い許嫁《いいなずけ》が起こしに来たわよ!!」

「う、うぅ～……」

寝てる俺を揺り起こし、楽しそうな声が聞こえる。俺は寝ぼけたまま目を擦《こす》る。

「……おはよ、リューネ」

「おはよ、アロー」

俺を起こしたのは、幼馴染《おさななじ》みで許嫁のリューネ。長いブラウンの髪を括《くく》った、元気な少女だ。

「今日は釣りに行くんでしょ。早く支度して行くわよ」

「おい、起きたばっかだぞ……メシくらい食わせてくれよ」

「ああ、モエがお弁当作ったから、みんなで食べましょ」

「そっか……レイアは？」

「だーかーらー、外で待ってるの。アンタ待ちなの!!　ほら脱いで!!　さっさと着替えて!!」

「おい、ちょ、わかったわかったって!?」

リューネは俺の服に手を掛けようとするので阻止。

今日は勉強はお休み。なので、リューネとその妹レイア、そしてメイドのモエと一緒に近くの川で釣りをすることになっている。

俺はリューネを部屋から追い出し、動きやすいラフな服に着替えて外へ出る。

すると、三人の少女が俺を出迎えてくれた。

「おはようございますご主人様。よく眠れましたか？」

「ああ、やっぱお前かよ、リューネを部屋に送ったのは」

「はい。私より許嫁のリューネ様が、ご主人様を起こすべきかと」

「いやいや、普通はメイドのお前だろ？　まだ嫁入り前の女が男の部屋に来るなんて」

「それは私も同じですが」

「あー、お前はメイドだし」

「そうですか」

メイドのモエはにっこりと笑う。

長い付き合いだからわかる。コイツは怒ると笑うんだよな。

モエは俺の家の専属庭師の娘だったが、庭師である父親が病死、母親はモエを産んですぐに亡くなっており身寄りがなくなった。なので、俺の専属メイドとして父上が屋敷に住まわせてる。

十歳の頃から七年間一緒にいるから、メイドというよりは姉弟みたいな感じだ。

「おはようお兄ちゃん、いっぱい釣れるといいね」

「おはようレイア、そうだな、今日はいっぱい釣ろう!!」

「うん!!」

リューネの妹のレイア。一歳年下の十六歳で、俺から見ても可愛い妹だ。

髪色はリューネと同じだが、レイアはセミロングの長さ。姉妹だから顔立ちはよく似てる。

「さ、行くわよ」

「ああ、メシは?」

「川に着いたら食べましょ。ちなみにお昼は釣った魚だから」

「マジで!?」

改めて、俺の婚約者のリューネ。レイアの姉で、俺と同い年の幼馴染み。貴族は貴族同士で結婚するのが普通だけど、このセーレ領みたいな田舎貴族と結婚したがる貴族はいない……それに、なんだかんだで俺とリューネは愛し合ってる。

夜の営みこそまだだが、町でデートしたり、お互いにプレゼントも贈っている。

「よーし、じゃあ行くか。いっぱい釣ろうぜ」

道具はモエが準備済み。後は、釣って釣って釣りまくればいいだけだ。

俺たち四人は、近くの川に出発した。


セーレ領、ハオの町。ここが、セーレ領の中心の町だ。

ハオの人口は二千人ほどであり、それ以外は領内各地に小さな集落がいくつかあるだけで、唯一自慢できるのは大自然くらいのものだ。

セーレ領に限らず、発展のしていない領土はこんなものだ。このセーレ領は、七十二の貴族の位《くらい》でいえば、最下位に近い階級である。

だけど、そんなことどうでもいい。俺は幸せだし、現状に満足してる。

だから、町を拡張したいなんて高望みはしないし、野望があるわけでもない。

それよりも大事なのは、現在の状況だ。

「来た来たっ!!　モエ、手伝って!!」

「はいリューネ様、今行きます」

「お、お姉ちゃん、こっちも来た!!」

現在、俺の釣果はゼロ。リューネたちは釣りまくってる……なんで？

「お兄ちゃんっ、助けて～っ!!」

「今行く、待ってろレイア」

俺はアタリのない竿《さお》を置いて、レイアの背後へ。

レイアを後ろから抱きしめるように、竿に手を添える。

「お、お兄ちゃん……」

「ほら、竿に集中」

「う、うん……えへへ」

レイアの頭が、俺の顎《あご》に来る。フワリと甘い香り。レイアも女の子だな。

「いくぞ、ちゃんと掴《つか》め」

「う、うんっ……」

暴れ回るウキを見ると、獲物はデカい。俺はレイアとタイミングを合わせ、一気に竿を引いた。

「来いっ!!」

「やぁあっ!!」

引いた糸の先には、巨大な魚が掛かってた。どうやら大物だ。食い応えがある。

「やったなレイア!! 流石《さすが》だ」

「ううん、お兄ちゃんのおかげだよ!!」

「いやいや、レイアが頑張ったからだって。偉いぞ」

俺はレイアの頭をポンポンと撫《な》でる。すると、レイアは顔を赤くして俯《うつむ》いてしまった。

「ちょっとアロー!! レイアに何してんのよ!!」

「リューネ様。ご主人様はレイア様を褒めてるだけですが……」

どうやらあっちも釣れたようだ。それにしても、俺は釣果ゼロ、レイアは数は少ないけど大物ばかり、モエとリューネは小さいけど数が多い……なんか俺が一番情けなくね？

「さ、そろそろお昼にしましょ。アロー、火をおこして」

モエに魚を捌《さば》いてもらい、俺はかまどを作り火をおこす。何度もやってるので簡単だ。

魚を網で焼き、シンプルに塩味で食べるのは絶品だ。

こんな日常が、俺たちの青春だった。

食事が終わり、町へ帰る。今日はリューネたちを誘い、屋敷で食事する予定だ。

リューネと俺は十七歳。十八歳になったら式を挙げ、晴れて夫婦として一緒に暮らす予定だ。

そのため俺は、残り少ない独身の時間、自由に過ごすことを認められていた。

「なぁ、あと何ヶ月だ？」

「あと九ヶ月です、ご主人様」

モエにそう聞くのは何度目だろうか。結婚式が楽しみでもあり、独身の終わりが寂しくもある。

「あと九ヶ月かぁ……」

「お兄ちゃんとお姉ちゃんの結婚式……いいなぁ」

「ははは。なんならレイアも一緒に結婚するか？　俺は大歓迎だぜ？」

「え……えぇぇぇっ!?」

「ちょ、アロー!?」

レイアは仰天し、リューネは憤慨する。

「じょ、冗談だって、冗談」

「あ、当たり前でしょ!!　全くもう……」

四人で冗談を言いながら歩き、セーレ家の屋敷に到着した。

「……ん？　なんだアレ？」

そこには、見たことのない豪華な馬車が停《と》まっていた。

見るからに貴族の物だとわかり、馬車には紋章が刻まれていた。

「お客様ですね…………あの紋章、まさか」

「モエ？　知ってんのか？」

俺はモエに聞く。モエは俺より頭がいいし、いろいろなことに詳しい。

「あれは四大貴族の一つ、アスモデウス家の紋章です」

四大貴族。なんでそんなとんでもない馬車が、うちに……？


大貴族の来客ということで、リューネとレイアは家に帰ろうとしたが、タイミングが悪かった。

屋敷の門が開き、貴族と思《おぼ》しき男性が出てきたのだ。

そして、貴族の男性を見送る父上の姿が、俺たちを捉《とら》えた。

「帰ったか、アロー」

「はい、父上」

俺は一礼し、リューネたちも続く。すると貴族の男性は、俺を一瞥《いちべつ》して父上を見た。

「ふむ、ハイロウ殿のご子息ですかな？」

「そうでございます、サリヴァン様」

貴族の男性は俺を見てる。まずいな、服装はラフだし、川遊びの帰りだから汚れてる。

大貴族の心証が悪いと、父上に迷惑を掛けてしまうかも。

「……ほぅ、そちらのお嬢さんたちは？」

「え、あ、その……わ、私はリューネと申します。セーレ家次期当主アローの婚約者です」

「わ、私はその妹のレイアです」

二人とも緊張してるけど、挨拶《あいさつ》はキチンと……って、俺、挨拶してない。

「ふむ、次期当主殿の婚約者とその妹か……」

なんだろう、リューネたちを見る視線が値踏みするような感じだ。

モエのことも気にしてるような。

「おっと失礼。私は四大貴族の一つアスモデウス家の次期当主、サリヴァン・アスモデウスだ。よろしく頼むよ、アロー・セーレ殿」

「は、はい」

「ははは、緊張しなくていい。こんな美しい婚約者とメイドがいるなんて羨《うらや》ましいね」

サリヴァン・アスモデウス……身長は高く、顔もイケメンの二十代前半ほどの男性だ。

少し値踏みするような視線は感じたが、それ以外は普通の貴族にしか見えない。

「ハイロウ殿、予定通り参りましょうか」

「はい。ではアロー、留守は任せる」

「はい。お気を付けて」

どうやら町を案内するらしい。

二人が馬車に乗り込むと走り出す。この狭い町なら、数時間もあれば回れるだろう。

「サリヴァン・アスモデウス……か」

「ねぇ、なんか格好良かったわね」

「そ、そうだね」

「ご主人様、まずはお着替えを」

「あ、ああ」

四大貴族の訪問に、俺は何故《なぜ》か不安を感じていた。


サリヴァン様はどうやら、視察の名目で各貴族が治める地域を回ってるらしい。

次期当主として、他の地域を治める領主を回って挨拶をするなんて、俺には思いつきもしなかった……これが辺境貴族と四大貴族の違いだろうか。

うちの執事が言うには、数日屋敷に滞在し、それからアスモデウス領へ帰還するようだ。

リューネたちは帰ろうとしたが、次期当主の婚約者ということで夕食に同席することになった。

ちなみに、レイアも同席させる。本人は乗り気じゃなかったが、リューネが頼み込んだ。

「一応、父上に確認してからな」

「お願いね。その……一人じゃ心細いし」

「ふふ、仕方ないお姉ちゃん」

俺の部屋に集まり、みんなでお喋《しゃべ》りしてる。モエは夕食の支度があるのでいない。

すると、父上とサリヴァン殿が帰ってきた。俺たちは出迎えるために玄関へ。

「父上、おかえりなさいませ」

「うむ。サリヴァン様、こちらへ」

「ああ、ありがとう」

するとサリヴァン様は、俺たちに微笑《ほほえ》みかける。

「アロー、キミとはゆっくり話がしてみたいな」

「あ、はい……恐縮です」

「ははは、緊張しなくていい。年も近いし、気軽に接してくれ」

いや、ムリ。だって四大貴族の一つ、アスモデウス家だぞ。

「それと、お嬢さんたちも」

リューネもレイアも緊張してる。仕方ないよね、うん。

「夕食まで時間がある。よかったらアロー、話でもしないか？」

「話、ですか」

「ああ。同じ次期当主として、いい機会だしね」

「で、でも」

「構いません。アロー、応接室を使いなさい」

「わ、わかりました」

「ああ、お嬢さん方もぜひ」

父上が言うなら仕方ない。でも、同じ次期当主として、恥ずかしいとこは見せられないな。

俺はサリヴァン様を連れ、応接室へ向かった。


応接室に座り、モエがお茶を運んできた。お茶を一口啜《すす》ると、サリヴァン様が微笑む。

「そう緊張しないでくれ、もっとリラックスしてくれよ」

「で、ですが……」

「話せば気が紛《まぎ》れるかな？　じゃあ質問だ。キミは領主となって何がしたい？」

「え……」

領主になってしたいこと。そんなの考えてない。変わらなければそれでいい。

「変わらなければそれでいい……そんなところか」

「っ⁉」

「私は七十二の貴族の次期当主に挨拶してきたが……皆、変わらないことを望んでる。与えられた領土を守ることを第一に、改革などは誰も望んでいない」

「そ、それが普通なんじゃ……」

「確かにね。正直……失望したよ」

「…………」

「気に入らないようだね。ふふ……あからさまな表情を見せたのは、キミが初めてだよ」

「……申し訳ありません」

「いいさ。それより……キミたちに聞いてもいいかな？」

「え!?　あ、はい!!」

サリヴァン様の視線はリューネとレイアに。

「キミたちは若く美しい。この領土を出ようと考えたことはないのかい？」

「……仰《おっしゃ》る意味が」

「いや何、辺境の町より、発展した王国へ興味はわかないのかい？　たとえば私の領地などは、ファッションやスイーツ、それに鉱石産業が盛んだから、美しい宝石やアクセサリーがたくさんある」

「……いえ、特に興味はありません。私はこの町を愛してますから」

「……私もです」

なんだコイツ、ケンカ売ってんのか？　……そして、言ってはいけないことを言いやがった。

「よかったら私の領地へ来ないか？　キミたちほどの美しさなら、私の妃《きさき》に……」

最後まで言わせなかった。俺はサリヴァンの胸ぐらを掴み、本気で睨《にら》んだ。

「ははは、冗談に決まってるだろ？　放してくれよアロー」

「……申し訳ありません。つい感情的に」

「構わないよ。そもそも、自分の婚約者を奪われそうになって立ち上がらない方が異常だ。だが、七十二の貴族で、私に掴みかかったのはキミが初めてだがね」

こいつ、まさか他の貴族にも同じことをしたのか……こんな敵を作るようなマネをして、なんの意味がある。

「忠告しよう。その短気はいけない。私が四大貴族の一人だということを忘れたのかい？」

「……」

「だが、その度胸は認めよう」

何様だコイツ……はっきりとわかった。俺はコイツが嫌いだ。

「さて、冗談はここまでにして……キミに頼みがあるんだ」

「……頼み、ですか？」

「ああ。実は、いくつかの領地の次期当主をアスモデウス領に招いて、親睦会《しんぼくかい》を開こうと思ってね。そこでキミとキミの婚約者に出席していただきたい」

「し、親睦会？」

「ハイロウ殿の了解はいただいてる。私の領地への帰還に合わせて出発したいが、いいかね？」

「それは、一緒に行く……ということですか？」

「不満かね？　わざわざ別行動する理由もあるまい」

読めない。この人、何が目的なんだ？

「お嬢さんたちも、それでいいかな？　ああ、もちろんそこのキミも」

「わ、私もですか……？」

レイアは、かなり困惑してる。そりゃそうだ。リューネはわかるけど、レイアは関係ない。でも……四大貴族の次期当主が言えば、問題ないんだろうな。

　レイアが何かを言う前に、俺はサリヴァン様に言った。

「わかりました。では、出発はサリヴァン様に合わせます」

「そうか。では三日後に。この領地の空気は美味《おい》しいからね。たっぷり味わっておきたい」

　こうして、俺とリューネ、レイアはアスモデウス領へ行くことになった。

　この時、俺はまだ気付いていなかった……このサリヴァン・アスモデウスの本性に。


　二日後の夜。正直乗り気ではないが、アスモデウス領への出発準備を終えた。

　俺は父上に挨拶をするため、執務室を訪れ、ドアを静かにノックする。

「父上、アローです」

「入れ」

　聞き慣れた声。厳格だが、俺からすれば優しさを感じさせる声だ。

「失礼します」

　俺はドアを開け執務室の中へ。父上は執務中で、俺に視線を向けることはない。これもいつものことなので、俺は構わず喋る。

「父上。明日アスモデウス領へ出発します」

「うむ。サリヴァン殿に失礼のないように、あの方は四大貴族の次期当主の中で、最も熱い気持ちを持っていると私は見た」

「……はい。私もそう思います」

言うことは言った。俺は一礼し、そのまま執務室を出ようと振り返る。

「アロー」

すると、父上が俺を呼び止める。俺は振り返ると、父上は俺を真っ直《す》ぐ見ていた。

「正直に言え。サリヴァン・アスモデウス殿をどう思う？」

これは、試されているのだろうか……仮に嘘《うそ》をついても、父上には見破られる気がした。

「……気に入らないです」

「そうか」

それだけだった。だけど、父上は俺のことを理解してくれてる気がした。

俺は一礼し、部屋を出ようとする。

「気を付けろよ、アロー……」

父上が、小さな声でそう言ったのが聞こえた……ような気がした。


翌日。サリヴァンの馬車の脇に、父上が用意した馬車が停められていた。当然だが、同じ馬車に乗るわけがない。

荷物はすでに積み込んである。一応、パーティー用の服も準備したが、年に数回しか使わないし、最近は全く着ていない。それに、リューネたちはまだドレスを持っていない。

パーティードレスを持ってないとレイアが言うと、サリヴァンが準備してくれるという。

その提案にリューネは喜び、レイアも控えめに喜んでいた。そりゃそうだ。年頃の女の子がドレスを着る機会なんて滅多にない。

「さて、出発しようか」

この時点で気が付いたが、馬車は合計で四台あった。

俺とリューネとレイアが乗る馬車とサリヴァンの馬車、そしてその前方後方を守るように、護衛が乗ってる馬車が二台だ。ちなみに護衛の馬車にはサリヴァンの旅の荷物も積んであるみたいだ。

「では、行きましょうか、ご主人様」

「ああ。って……なんでお前が？」

俺たちは驚いた。何故なら、当たり前のようにモエがいたからだ。

「私はご主人様のメイドです。当然、お供します」

「いや、あのさ、父上は」

「許可はいただきました。当然ながらサリヴァン様にも」

「聞いてないけど……」

「サプライズ、ですね」

い、いらねぇサプライズだ……まぁいいや。モエがいればリューネたちも喜ぶだろ。

こうして俺たちを乗せた馬車は、ゆっくりと走り出した。


セーレ領を出発して数日。旅は順調に進んでいた。

この周辺に出る魔獣と呼ばれる生物は、護衛の傭兵《ようへい》が難なく倒し、アスモデウス領までの最短ルートをひたすら走る。

サリヴァンが用意した三台の馬車。一つはサリヴァンの移動用、もう一つはサリヴァンの旅の荷物用兼傭兵たちが乗る用、最後の一台はサリヴァンの寝室となっている。

それに比べて俺たちの馬車は一台。幌《ほろ》付きだが、寝るようなスペースはなく、毛布を被《かぶ》って寝るしかない。しかも旅の荷物も一緒だから、四人もいるとかなり狭い。

すると、ここでヤツが現れた。

「お嬢さんたち、私の寝台馬車を使うといい」

野営をするため川の近くに馬車を停め、傭兵たちが食事などの支度をしてる時に、サリヴァンが言う。柔らかな微笑は、憎らしいくらいイケメンだ。

「寝台馬車は広い。小柄な君たちなら三人でも寝れるだろう。私はアロー君と一緒に寝よう」

「で、でも」

「むしろ、そうしてくれ。君たちのような女性が毛布一枚を被って寝る姿を見たくない」

「あ……はい」

リューネとレイアは顔を赤くして頷《うなず》く。

くそ、なんか男として悔しい。ここで突っかかると負けた気がするしよ。

「もちろん、君もだ」

「……いえ、私はご主人様のメイドですので。主人を差し置いてベッドで寝るなど」

「確かにそうかもしれないが、君はメイドであると同時に女性であり、私の大事な客人だ」

サリヴァンは、モエの手を取り微笑む。

「頼む。どうかベッドで休んでくれ」

「……わかり、ました」

真っ直ぐな眼差《まなざ》しに、モエが折れた。すぐにハッとしたモエは、慌てて手を離し俺の元へ。

「も、申し訳ありません。その」

「いいよ、お前もリューネたちとベッドで寝ろよ」

「は……はい」

それから傭兵たちが食事を作り、当然のようにサリヴァンと食事をした。ベッドの件で心を許したのか、リューネたちもサリヴァンと話すようになり、少しだけ悔しかった。

そして就寝の時間。モエは申し訳なさそうにしつつ、リューネたちとベッドで寝た。

俺とサリヴァンは、毛布を被って馬車の中へ。サリヴァンのしたことは、男としては正しく尊敬できる。だけど、俺の安っぽいプライドが邪魔をしたおかげで、素直に礼が言えなかった。

無言で毛布を被っていると、サリヴァンが言う。

「……美しい女性たちだな」

「……」

「この環境で育ったからだろうか。逞《たくま》しく、この私相手でも物怖《ものお》じしない強さ。だが女性としての魅力にも溢《あふ》れている。私の周りにはいないタイプだ。正直……君が羨ましい」

「……」

「もし、キミが……いや、止《や》めておこう」

俺はここで初めてサリヴァンを見たが、暗くて表情は見えなかった。

それから旅は順調に進み、ようやくアスモデウス領へ、そして中心の町トビトへ到着した。

「す、すげぇ……」

「これが……アスモデウス領首都トビト」

「わぁ～……」

「アスモデウス領は七十二の領地の中で三番目に大きな領地です。その中でも首都トビトは宝石産業が盛んで、アスモデウス領が管理する鉱山からは豊富な原石が採掘されます。ちなみに、七十二の都の中で、最も美しい都とも言われています」

モエの長い説明が終わり、馬車は進む。そして一軒の豪邸の前に到着し、馬車は玄関で停まる。

馬車から降りると、サリヴァンが言った。

「ようこそ、私の屋敷へ」

「こ、ここが……？」

メッチャでかい。うちの屋敷の十倍の規模がある。

「さぁ、湯を沸かしてある。女性たちは旅の疲れを落とし、着替えてくれたまえ。後に私が町を案内しよう」

「お風呂っ!?　……あ、スミマセン」

「お、お姉ちゃん、恥ずかしいよ」

お風呂と聞いたリューネは喜び、顔を赤くした。レイアは恥ずかしそうにリューネの袖を引く。

「ははは。さてアロー、君は着替えて大広間へ。何人かの時期当主たちを紹介しよう」

「え？　もう到着されてるんですか？」

「ああ。数人だがね。今は次期当主たちで情報交換をしてる」

「情報交換……」

「さて、立ち話も疲れた。女性たちを頼むよ」

　すると、どこにいたのかメイドたちが現れ、リューネたちを連れていってしまった。

「君は次期当主たちと絆を深めてくれ。私は彼女たちに町を案内するよ」

「え……」

「ははは、安心したまえ。何もしない」

　当たり前だ。だが、それでも不安になる。

「リューネ嬢は君の婚約者だろう？　流石《さすが》に同じ貴族の婚約者を奪うなど許されない。もちろんその親族もね」

　レイアのことか。じゃあ、モエは？

「それに、私が君のメイドに手を出すと思うかい？」

　サリヴァンは笑顔で頷く。こうして見ると好青年にしか見えない。

　俺はメイドに案内され、豪華な部屋に通される。顔を洗い、持参した貴族用の服に着替える。

「……あ」

　窓の外を見ると、リューネたちとモエがいた。綺麗《きれい》なドレスを着て、恥ずかしそうにサリヴァンの前に。一人一人を丁寧に褒めちぎり、馬車へ案内してる。

　リューネやレイアやモエは、サリヴァンにだいぶ打ち解けた。俺ができないような心遣いをリューネたちにした。その結果、リューネたちはサリヴァンに心を許し、まるで親友のように接する。

　リューネたちが気になったが、意識を切り替える。

　メイドに案内され、俺は大広間へやってきた。ドアが開くと、中はパーティーホールのように広い。大きな円卓が置かれ、数人が集まって話をしていた。何人かの貴族が俺に注目し、その中の一人の男性が立ち上がる。

「おーいこっちこっち、座りなよ」

　男性は手招きし、逆らう理由もないので向かう。

　円卓には男性が一人に女性が二人の計三人が座っていた。

「いやー助かったよ。男がボクしかいなくってさ。それに年も近いし仲良くしよう。おっと、ボクはリアン・マルパス。マルパス家の次期当主だ」

「は、はい。俺はアローです。アロー・セーレ、セーレ家の次期当主です」

　しまった。俺とか言っちまった。でもこの人もボクとか言ってるし、あんまり堅苦しくないのかな。

　すると、女子の一人が笑う。

「ぷっ……セーレって、あのド田舎セーレ？」

「は？」

「あぁごめんなさい。自己紹介ね。アタシはシャロン・アイニーよ。アイニー家の次期当主だけど、アンタは覚えなくていいわ」

　これは、ケンカを売られてるんだな？　シャロンとかいう女は同い年くらいだろうか。顔は可愛いけど少し吊《つ》り目。機嫌の悪いネコみたいなイメージだ。

「まぁまぁシャロンちゃん、そうケンカ腰にならないで。えっと、私はエリス・パイモン、パイモン家の次期当主です」

エリスは穏やかな少女だ。なんとなく日向《ひなた》ぼっこしてるデブ猫みたいなイメージだ

「それにしても、アスモデウス様はすごいねぇ。まさか各領地の次期当主を集めて、親睦会を開こうだなんて」

「ふん。アタシはそんなのどーでもいいわ。ここに来たのも、サリヴァンに対する噂《うわさ》を確かめるために来たんだしね」

「噂？」

「そうなんです。実はサリヴァン様は好色家で、屋敷で何人もの女の子を妃にしてるって……」

なんだそりゃ。するとシャロンが憤慨する。

「アイツがアタシの家の屋敷に来た時は普通だった。でも、アイツが帰った後に何人もメイドが辞表を出したのよ⁉　流石におかしいと思って調べたら、みーんなこのアスモデウス領に来たっていうし、アイツがメイドたちになんかしたのは間違いない‼」

「え、じゃあキミがこの親睦会に来たのって……」

「決まってるでしょ。この屋敷のメイドたちを調べるためよ。もしかしたらアタシの家のメイドたちがいるかもしれないし」

「ま、まさか、それだけのためにここへ？」

「当たり前でしょ。親睦会なんて面倒くさいのに来るわけないわ。多分、アタシたち以外は誰も来

ないわよ」

　嘘だろ……せっかく遠路遥々《はるばる》来たってのに。

「う〜ん。好色家かどうか知らないけど、サリヴァン様は誠実で優しいからモテるって話は聞いたことあるわね」

「あ、ボクも聞いたよ。サリヴァン様はたくさんの妃がいるってね。来る者は拒まず、去る者は必死に追いかけるらしく、愛した女性はみんな幸せに暮らしてるってさ」

「………………」

「どうしたのアンタ？」

　嫌な予感がする。サリヴァンは、リューネたちをどうするつもりだ？

「ま、あくまで噂だけどね。この屋敷はサリヴァン様の私邸で、本家は別にあるそうだし」

「はぁ!?　じゃあここにいるメイドは!?　みんな知らない顔だし、本家にいるなんて聞いてないわよ!!」

「し、知らないよ。本人に聞けばいいだろ？」

「ふふ。シャロンちゃんって可愛いですね」

　噂……あくまで噂なんだよな？


　結局、夕方を過ぎてもサリヴァンは帰ってこなかった。

　そして夕食時、サリヴァンはリューネたちを引き連れてダイニングに来た。

「遅くなってすまないね。夕食にしようか」

リューネたちは、美しく着飾っていた。上質の布で仕立てられたドレス、高そうな宝石、薄く施された化粧。その姿はまるで、どこぞのお妃様みたいだ。

サリヴァンから離れ、リューネたちは俺の近くへ。リューネにレイアにモエ、まるで俺とは釣り合わない美しさだ。

「ただいまアロー。ふふん、どう？　似合う？」

「……あぁ、すっげえ似合う」

「お兄ちゃん。私は……どう、かな？」

「もちろんレイアも似合ってる。可愛いよ」

「か、可愛い……えへへ」

「ちょ、アロー!!　アタシには言わないの!?」

「悪い悪い、リューネが一番可愛いよ」

「では私は圏外ですね。安心しました」

「い、いや、モエも可愛いぞ？」

いつものリューネたちだ。やっぱり考えすぎだった、リューネは俺の知るリューネ。俺の婚約者のリューネだ。すると、俺の向かい側に座ってたリアンが、口をポカンと開けて呆《ほう》けてた。

「お、おっどろいたな。サリヴァン様のお妃様かと思ったら、アローの関係者だったのかい？」

「ああ。俺の婚約者のリューネとその妹のレイア、それとメイドのモエだ」

三人はそれぞれ挨拶する。挨拶が終わると、ようやく食事が始まった。

「親睦会に来てくれたのが七十二家中の四家だけとは情けない。だが、こうして次期当主同士、顔を合わせ話をすることは素晴らしいことだと思う。時間の許す限り、お互いの思想や想いをぶつけ合い、それぞれの未来への糧として欲しいと願う」

サリヴァンがそんなことを言う。未来はともかく、顔を合わせたのは無駄ではない。

こうして食事会は、つつがなく終わった。

そして夜。俺の部屋にリューネたちが集まった。

「あのね、今日はいっぱい買い物したの。見てこれ……」

リューネの手には、綺麗な指輪が。

「サリヴァンが買ってくれたの。私に似合うからって……」

「……ふーん」

「お兄ちゃん、私もこれ……」

「これって、ネックレスか？」

「うん。首が細いから、シンプルなデザインのが似合うからって、プレゼントしてくれたの」

面白くない。なんだよ、確かに俺はこんな立派なプレゼントなんてしたことないし、できない。

リューネも、婚約者の俺に向かって、他の男からプレゼントされた物を見せなくてもいいのに。

「今日はお芝居を見たの。サリヴァンってね、予約しなくても特等席で見れるんですって」

「ランチは高級レストランだったよ。新鮮な魚貝を使った料理で、見る物全てが初めてだったよ」

二人は、楽しそうに語る。キラキラした目は、俺の中の何かを抉《えぐ》るようだった。

「リューネ様、レイア様、今日はそろそろ……」

「あ、そっか。あのね、明日は宝石店に連れていってくれるってさ」

「楽しみだね、お姉ちゃん、モエ」

「はい。では今日はここまでにしましょう」

モエが言うと二人は部屋を出る。するとモエが、俺に頭を下げた。

「私が付いていながら、申し訳ありません……」

「いいんだ。初めてのアスモデウス領ではしゃいでいるんだろ。楽しいならそれでいいさ」

「ご主人様……」

「モエ、お前も楽しめよ。こんな機会はなかなかないだろうしな」

モエは一礼して部屋を出た。リューネたちの明日の予定は、またもやサリヴァンが町の案内をするらしい。俺たち次期当主組は、つまらない討論会の予定だ。

どうやらサリヴァンは、俺たち次期当主四人を仲良くさせることが狙いらしい。

サリヴァン自身が参加しないのは、初対面である俺たち四人の親睦が深まってから、次のステップとしてサリヴァンを交えた五人組で討論会を開く予定だからと聞いた。

そんな回りくどいやり方をするなんて、正直意味がわからない。だが、親睦会の主催者であるサリヴァンの考えだ。従うほかない。

すると、俺の部屋のドアがノックされた。こんな時間に誰だよ？

「はい？」

「私だ、サリヴァンだ」

「……え」

「入るぞ」

サリヴァンは、返事を待たずに入ってきた。

俺は寝間着だったので慌てたが、サリヴァンは手で制した。

「そのままでいい。いいか、落ち着いて聞いてくれ……」

サリヴァンは、真剣な眼差しで言った。

「ハイロウ殿が……キミの父上が倒れられたと報告が入った」

「ち……父上、が？」

「そうだ。悪いが君は一刻も早く帰った方がいい」

「あ……ああ」

俺はフラリと立ち上がり、寝間着のまま外へ出ようとする。

すると、サリヴァンが俺の両肩を掴み、静かに揺さぶった。

「しっかりしろアロー・セーレ。とにかく着替えてこれから町を出ろ。馬車は用意してあるし、旅の支度も済んでいる。君はこのまま馬車に乗り込んでセーレ領へ戻るんだ」

「こ、これから……りゅ、リューネたちに」

「彼女たちはもう寝てる。いたずらに不安を煽《あお》るのは良くない。なので、明日の朝に告げて、そのままこちらで送り届けよう」

言われた通り、俺は着替えて外へ。するとサリヴァンの乗っていた寝台馬車が停まっていた。

「申し訳ない、サリヴァン様……こんな」

「気にするな。道中、気を付けてな」

馬車は走り出した。深夜ということもあり、馬車に取り付けられたランプの灯《あか》りを頼りに進む。

俺は頭を抱えていた。馬車が揺れることもあるが、こんな状況で寝られるワケがない。

「父上……」

夜通し馬車は走り、夜明けが来た。眩《まぶ》しい光だが、俺の心を照らすには程遠い。

御者は二人で交代しながら操縦を続け、ようやくセーレ領へ戻ってきた。

数日かけてハオの町に帰還した。屋敷に到着すると、俺は屋敷に飛び込み父上の部屋へ。

「父上っ!!」

「……おお、アローか」

父上はベッドから起き上がり俺を出迎えた。顔色は悪いが元気そうだ。

部屋にいた医者が、やんわりと告げる。

「過労です。栄養不足に睡眠不足が祟《たた》ったのでしょう。全く……ハイロウ様は働きすぎなのです」

「……すまないな」

長年うちに仕えているかかりつけ医なので、この医者の診断なら信用できる。

「……はぁ～、良かった」

「お前にも心配かけたな。アロー」

「本当ですよ……本当に気が気でなかったです。今回ばかりは父上の教えを恨みましたよ」

「『常に最悪の事態を想定して行動しろ』だな。確かに悪かった」

俺は説明の前に医者を見送り、改めて父上の部屋へ。

サリヴァンの助けで帰ってきたことを説明すると、父上は渋い顔をした。

「うむ……これでアスモデウス家に借りを作ってしまったな」

「……申し訳ありません」

「いや、これは自己管理すらできない私の責任だ。特に、お前には迷惑を掛けた」

「そ、そんな」

「リューネたちは？」

「は、はい。恐らく数日のうちに帰ってきます」

「そうか。ではリューネたちが戻り次第、改めて使者を送ろう」

話が終わり、俺は父上の部屋を出た。すると、父上の執事、アーロンが俺を呼び止めた。

「アロー様。お話が……」

「ん、どうした？」

「実は、アロー様がお乗りになられた馬車なのですが、御者がいなくなりまして、未《いま》だにそのまま放置されてるのです」

「えぇ？　なんで？」

「それはわかりません。なので、寝台と馬はこちらで管理してもよろしいでしょうか？」

「うん、頼む」

御者が逃げた？　うーん……まだお礼もしてないのに。というか、逃げる理由がない。

「ま、いいか。とにかくリューネたちが帰ってくるのを待とう」

やることはいくらでもある。父上が倒れた以上、仕事は俺がやらないといけない。

もちろん、わからないことはあるし、父上に確認しなければならないことも山ほどあるだろう。

だけど、セーレ家の時期当主として、ここに住む人たちの暮らしを守る必要がある。

「……ふぁ」

だけど、その前に少し寝よう。ずっと気を張ってたし、安心したら睡魔が襲ってきた。

着替えもせずベッドに入ると、すぐに眠くなる。やはり、自分の部屋が最高だな。

ぼんやりと思い浮かべたのは、リューネの姿だった。

あと数日で帰ってくる。まずは謝ろう。

宝石店巡りや美味しい物を食べる約束もしてたし、それがパァになったら怒るだろうな。

まぁ、俺ができる範囲で、美味しい物を食べさせよう。俺が領主になったら、リューネやレイアが好きそうな店を出すのもいいかもな。

だが、三ヶ月経《た》ってもリューネたちは帰ってこなかった。

それどころか、父上の容態も回復せず、俺は領主代行として忙しくなり、アスモデウス領に出向くことすらできなかった。何度も手紙を送り、使者も送ったが返事はない。帰ってきた使者も、サリヴァンの私邸で門前払いを受けたそうだ。

何か事故に巻き込まれたのか、それとも……イヤな予感ばかりが頭を巡る。

そして、父上の容態は回復しないまま……俺は部屋に呼ばれた。

「父上、容態は如何《いかが》ですか？」

「……ああ。今日は調子がいい」

嘘だ……痩《や》せこけ、食事も喉《のど》を通らない父上。日に日に衰弱し、このままでは持たないのが素人の俺でもわかった。ちゃんと医者の薬を飲ませてるのに、一向に良くならない。

「アロー……聞きなさい」

「はい……」

「いいか、強く生きろ……これから先に何が起ころうと、決して諦《あきら》めるな。どんなに辛《つら》くても、苦しくても、必ず明日が来る」

「父上……」

「何時《いつ》だって……今日を生きるしかないんだ。いいな、忘れるなよ」

父上は、俺の頭に手を伸ばして優しく撫でる。

子供の時にも、あまり撫でられたことがない。だけど、その手は優しかったのを覚えてる。

「大きくなった、本当に……お前は、母さんに似てる」

「……父上」

この日……父上は、死んだ母上の元へ旅立った。

葬儀《そうぎ》が終わり、更に一ヶ月。

俺は悲しみを紛らわすように仕事に打ち込み、セーレ領のために尽くした。

セーレ領の貴族として、父上の残したものを守るため、俺は頑張った。

だけど、それも長く続かなかった。

「アロー様!!」

「……どうした?」

俺は父上の執務室で、仕事に追われていた。

父上の仕事を全て引き継ぎ、執事アーロンのサポートを受けながら書類を書いている。

すると、アーロンが慌てて部屋に入ってきたのだ。

「あ、アスモデウス領からの使者です」

「……え?」

「それが、その……り、リューネ様たちで……」

「なんだって!?」

俺は窓を開ける。そこには、アスモデウスの紋章が刻まれた馬車が、何台も停まっていた。

執務室を飛び出し、応接室へ向かう。そこにいたのは、変わり果てたリューネたちだった。

「りゅ、リューネ……?」

「お久しぶりですね。アロー様」

優雅なドレスを着こなし、身体中に綺麗な宝石を身に着けたリューネ。化粧をしてるのか、唇には赤いルージュが塗られてる。髪型も変わり、長いブラウンの髪にはパーマが掛けられていた。

「良かった、帰ってきたんだな」

「いいえ、私たちはサリー……サリヴァン様の使者です」

「な、何を……?　さ、サリーって?」

「私たち、アスモデウス家に嫁ぐことにしましたので、まずはお別れを」

「……え」

「ふふ、サリーはとても素晴らしいお方よ？　見てこの宝石……綺麗でしょう？　この宝石一つで、このみすぼらしいお屋敷一つ、楽に買えちゃうのよ？」

「な、何を言ってんだよ、リューネ？」

「貴方《あなた》が帰ってしばらくして、サリーに求婚されたのよ。モエはメイドのままだけどね」

「まさか……レイア、お前も……」

　レイアも、リューネと同じくらい着飾っていた。少女らしさは消え、両手の指に光る宝石を眺めてうっとりしてる。俺の声に反応どころか、視線すら合わせない。

「あぁ、ハイロウ様はお亡くなりになられたのね。残念でしたね……」

「リューネ、なんでこんな……俺と結婚するって、セーレ領を愛してるって」

「それは昔の話。今は……サリーとアスモデウス領を愛してるわ」

「レイア……」

「ごめんね、お・に・い・ちゃん」

　俺はその場に崩れ落ちた。だが、まだ終わりではない、始まりだった。

「リューネ様、見つけました!!　アスモデウス領の財政に関する重要資料です!!」

「……そう、やはりあったわね」

　ドアを開けて入ってきたのは、騎士風の男性。手には紙の束を持ち、それをリューネに手渡す。

「貴方がサリーの私邸を出てから、アスモデウス領の重要資料がいくつか紛失したの。そこで貴方が疑われてね……外に停めてあった、アスモデウス領の馬車を調べたら、案の定出てきたわ」

「な……なんだよそれ!!　あの馬車はサリヴァンが用意した物だ!!　俺が盗んだとでも!?」

「それ以外に考えられないでしょう？　アスモデウス家の資料を手に入れて、サリーを脅すつもりだったと考えるのが普通よ。この四ヶ月で調べは付いてるわ」

「急用？　違う、俺はサリヴァンから聞いたんだ!!　父上が倒れたから帰れって、リューネたちは後で帰すからって!!」

「……何を言ってるの？　サリーは貴方が急用を思い出したから帰ると言っていたわ。そのタイミングで資料が紛失、これじゃスパイと言われても仕方ないわね」

すると、俺の後ろにいた兵士らしき人間が、俺の身体《からだ》を拘束した。

「この四ヶ月で準備は済ませたわ。証拠さえあれば、貴方を裁ける準備もね」

こいつは誰だ。俺の知ってるリューネは、こんな邪悪な笑みを浮かべない。

俺の知ってるレイアは、こんな風に人を嘲笑《あざわら》うことはしない。

「さ、アスモデウス領で裁きを受けましょう。まぁ、死罪にならないように便宜は図ってあげる」

「ふざけんなリューネっ!!　ぐぁっ!?」

兵士が俺を押さえつけ、床に押し倒す。するとリューネが俺の頭を踏みつけた。

「ねぇアロー……こんなに綺麗なドレスに宝石、貴方の婚約者のままだったら、一生縁がなかったでしょうね。だからサリーには感謝してる。私とレイアは、あの方の妻として支えていくわ」

「さようならお兄ちゃん、楽しかったよ」

なんでこんな……涙が出る。俺は、思わず叫んだ。

「モエ!!　お前もなのか……」

「……はい。ご主じ……アロー、さま」

無表情で、モエは一礼した。俺の家のではないメイド服は、モエによく似合っていた。

こうして俺は全てを失い、アスモデウス領へ連行された。

乗り心地など考慮されてない馬車の中で、俺はずっと考えていた。

「……サリヴァン」

間違いなく、サリヴァンが仕組んだことだ。

リューネたちは金と宝石に目が眩《くら》んで俺からサリヴァンに乗り換えた。十七年の絆より、ほんの四ヶ月の豪遊で、心はすでにサリヴァンのものになってしまった。

そして、サリヴァンは俺を陥れた……こんな辺境の貴族の俺を陥れてなんの得があるかは知らない。だけどそこには明確な悪意がある。何より心配なのは、セーレ領のことだ。なんの準備もないまま連行され、全て投げ出すような形で来てしまった。

「……ちくしょう」

アスモデウス本家に馬車は到着した。サリヴァンの私邸の倍以上の規模を誇る建物だ。

俺は罪人のように拘束され、まるで地下牢《ちかろう》みたいに陰気な空気が漂う場所に連れていかれた。

「入れっ!!」

背中を蹴り飛ばされ牢の中へ。そして、騎士が冷たい声で俺に言う。

「裁判は二日後、お前の処分はそこで決まる」

「ふざけんな!!　俺は何もしてない、サリヴァンを呼べ!!」

鉄格子を掴み、ガシャガシャ揺さぶる。しかし、騎士は無反応で去っていった。

「……ちくしょう!!」

俺は叫んだ。理不尽さと怒りで頭がおかしくなりそうだった。

それから数時間。コツコツと、階段を下る音が聞こえた。

「やぁアロー。元気かな」

「……サリヴァン!!」

自分とは思えないくらい、ドスの利いた声が出た。

恨みと視線で人が殺せたら、俺はサリヴァンを殺しているだろう。

「……まさか、君がスパイだったなんてね。残念だよ」

「ふざけるな!!　お前が仕組んだことだろう!!」

「おぉ怖い。心外だな、私は馬車を貸しただけ、そして君がいなくなり寂しがる少女たちを慰めただけさ。もちろん、心と身体でね……ククク」

「お前は何が目的なんだ!!　リューネたちか!!　それともセーレ領か!!」

「もちろん、セーレ領と……まぁ、彼女たちはついでかな」

「何……!?」

「まぁいい。種明かしをしよう」

サリヴァンは、薄暗い笑みを浮かべる。これが本当のサリヴァンの笑みだと理解した。

「セーレ領には、莫大《ばくだい》な数の鉱山が眠ってるのさ」

「こう、ざん……？」

「そう。私が七十二の領地を見て回ったのは、新たな採掘鉱山を見つけるため。そして、その領地の貴族たちを見て、ビジネス相手として相応《ふさわ》しいか見極めるためだったのさ」

サリヴァン曰《いわ》く、アスモデウス領の鉱山は枯渇が始まり、恐らく数年で宝石の原石は採り尽くされるという計算だ。だからこそ、新しい採掘鉱山が必要になり、各領地を見て回ったそうだ。

「中でも、セーレ領の鉱山は素晴らしい。ほとんどが手付かずで数も多い。単純に計算しても、数百年は持つだろう」

「……それが、なんでこんな。何が関係あるんだよ!!」

「簡単さ。君の父親であるハイロウが、私との取引を拒否したからだ」

「父上が……？」

「そう。ハイロウは言った。セーレ領の自然はあるがままの姿で残すべきだと、だから鉱山としての開拓は認めないとな……!!」

サリヴァンは、ここで初めて怒りを見せた。

「なんとか説き伏せようとして、君と出会った。これは使えると思ったよ。もしハイロウが消えて、君が領主となったら簡単に陥れることができる……だが、それじゃつまらない。そこで私は、君を陥れ、セーレ領を手に入れることを考えた」

「……まさか」

「たとえば、親睦会を利用して君をアスモデウス領へ呼ぶ。そしてハイロウの危篤を知らせ、馬車に重要書類を忍ばせて帰らせる。御者たちは行方をくらまし、馬車は君の家に置かれる」

「……サリヴァン」

「ハイロウが衰弱すれば、君はアスモデウス領へ向かうこともできまい。後は寂しがる少女たちを甘やかし、誘惑し私のものにする。そして君を追い詰める証拠を固めて逮捕する」

「………」

「くくく、この四ヶ月で準備は完璧だ。四大貴族の協定で、セーレ領はこのアスモデウス家が没収することが決まったよ」

七十二の貴族の中で、最も力を持つ四大貴族。四大貴族が合意したことは、他の貴族も従わなくてはいけない。つまり、セーレ領の没収に、他の四大貴族が同意したということだ。

「サリヴァン、まさか……」

「くくく、そう……ハイロウを殺したのは私だ。医者を買収して、少量ずつ毒を盛ったのさ」

切れた。俺の中で、何かが切れた。

「サリヴァン、貴様《きさま》ァァァッ!!」

俺は鉄格子の隙間《すきま》から手を伸ばす。だが届かない。どうしても届かない。

「明日、君は裁かれる。アスモデウス家の重要書類を盗み出したスパイとしてね……だが、私も鬼ではない。命までは取らないであげよう」

許さない。サリヴァンだけは、絶対に許さない!!

「君には、辺境のマリウス領の領主になってもらう。つまり、明日から君はアロー・マリウスだ。くくく、良かったな、貴族としての位は残されてるぞ」

「お前だけは、お前だけは許さない!!」

「ははは、それじゃあまた明日」

サリヴァンは去っていった。残されたのは、俺の怒りだけ。

「う、うぅぅ……うぁぁぁーっ!!」

怒りと悲しみを混ぜ、俺は絶叫した。


その日の夜、蹲《うずくま》る俺の元へ食事が運ばれてきた。そいつはなんと、モエだった。

「食事です」

鉄格子の小枠からトレイが突き出される。だが、俺は手に取ることをしなかった。

「……よく顔を見せれたな」

モエの表情は、いつも以上に冷たい無表情。俺は怨嗟《えんさ》の瞳でモエを……裏切り者を睨み付ける。

俺は立ち上がり、鉄格子を全力で殴りつけた。

「全部、全部失った!! リューネとレイアも、セーレ領も、父上も!! 全部サリヴァンのせいで失った!! 何が鉱山だ!! そんな物のために、全部……」

「……」

「ずっと一緒だったのに……お前も金と宝石に目が眩んで俺を裏切った!! ずっと一緒だった絆よりも金に目が眩んだ!! 父上だってお前を信じてたのに……」

モエは無表情だ。きっと、すでに俺の存在に興味はないんだろう。

「……それでは、失礼します」

モエは一礼し、去っていった。

翌日。俺は一睡もしないまま牢から出され、そのまま別室へ運ばれた。

口には猿轡《さるぐつわ》が巻かれ、両腕は拘束されている。別室に入ると、そこには全員が揃《そろ》っていた。サリヴァン、リューネとレイア、そしてモエ。アスモデウス本家の人間も何人かいるようだ。

そして、アスモデウス家当主から、俺の処分が発表された。

「セーレ領当主アロー、貴様はアスモデウス本家の重要書類を盗み、それを利用してアスモデウス家に対する脅迫を仕掛けようとした。本来なら死罪は免れんが……次期当主サリヴァンとその妻たちの温情により、マリウス領への追放処分とする」

俺はサリヴァンを睨み、リューネとレイアを呪う。壁際で澄ましてるモエも呪い、周囲の連中全員を呪った。

「セーレ領は、アスモデウス家の管轄とする。これは四大貴族の総意であり決定である」

何が総意だ。全員、サリヴァンに踊らされているだけだ。

「マリウス領への出発は明日。それまで己の罪を悔い改め、『戦と断罪の女神アテナ』に罪を告白せよ。慈悲深き女神は、きっと貴様を赦《ゆる》すだろう」

何が女神だ。女神がいるなら、こんなねじ曲がった罪を許すもんか。

そして、裁判という名の罪の発表会は終わった。俺は再び連行され、地下牢へぶち込まれた。

この日も。モエが料理を運んできた。だが、俺は手を付けない。

「……」

「では、失礼します」

モエは何も言わず去っていく。もう二度と会うことはないだろう。

全く眠くないが、ボロい毛布を被り目を閉じる。すると、何故か昔のことを思い出す。

リューネとレイアとモエで釣りをして、釣った魚を焼いて食べたこと。

レイアとこっそり町で買い物したこと。モエに内緒でつまみ食いし、こってり絞られたこと。

全ての記憶が色褪《いろあ》せ、憎しみだけが残った。

「……あ」

そして、思い出す。

『いいか、強く生きろ……これから先に何が起ころうと、決して諦めるな。どんなに辛くても、苦しくても、必ず明日が来る』

父上の言葉。死の間際、最期に教えてくれた言葉。

そうだ……いつだって、今日を生きるしかない。どんなに辛くても、日はまた昇る。

「う、ぅぅ……うぅぅ……」

涙が止まらなかった。どんなに辛くても、諦めるなと父上は言った。

でも……諦めなかった先に、何があるんだろうか。


翌日。馬車に乗せられマリウス領へ向かった。

七十二の地域で最も危険で、人間は僅《わず》かしか住んでいないらしい。どんな文明が築かれているのか、どんな生物が闊歩《かっぽ》してるのか、全てが未知。それほど危険な地域に、俺は放り出される。

特に苦難もなく、マリウス領との領境へ到着した。

領境は絶壁だ。一本の細い開閉式の橋が架けられ、そこを渡りきると橋は外された。

「……マリウス領」

俺は歩き出した。目的もなく。危険な魔獣に出会えば、俺はエサになる。
だけど進む、それ以外に道がないから。
未来のない明日に向かって、俺は歩く。

閑話　リューネたちの裏切り

アローがセーレ領に向かった翌日、リューネたちは着替えてダイニングへ集まった。

服装、装飾品から全てサリヴァンがプレゼントした物で固められていた。

「おはよーレイア、モエ」

「おはようございます、リューネ様、レイア様」

「おはようお姉ちゃん、モエ」

メイドであるモエは本来客人ではないが、サリヴァンの好意によりリューネたちと同格に接待されている。最初は拒んだモエだったが、リューネとレイアの説得で仕方なく受け入れていた。

ダイニングには三人だけ。すると扉が開きサリヴァンが現れる。

「やあ、おはよう」

「おはようございます、サリヴァン様」

「おはようございます」

「お、おはようございます、サリヴァン様」

リューネははっきりと、モエはいつも通り、レイアはやや緊張した声で挨拶を返す。

席に座り、まずは朝食を食べる。そして食後のお茶を貰《もら》う。

「さて、今日はショッピングを楽しもうか。君たちが気に入る店がいくつもある、時間をかけてゆっくり紹介しよう」

「わぁ、楽しみ」

「そうだね、お姉ちゃん」

「……はい」

姉妹は顔を合わせ、モエは笑顔だが声に力がない。するとリューネがサリヴァンに聞いた。

「あの、アローは？」

「ああ、彼は今日も次期当主たちと親睦を深める予定だ。忙しいから君たちの案内は私に任せると言われたよ」

「あー……まぁ、他の貴族とふれ合う機会なんてないし、アローにとってもいい経験になるわね」

「そうだね。じゃあ、今日も楽しんで、お兄ちゃんに報告しようね」

「そうね。ふふふ、楽しみ」

モエは気付いていた。他の男とデートし、その内容を楽しく語るのが、どれほど残酷なのかを。

しかし、サリヴァンの手前、ここで指摘はできない。さらに、それ以上の不安もあった。

「サリヴァン様、今日も楽しみにしてますね」

「ははは、これはまいった。ヘタな場所を案内できないな」

「うふふ、期待してます」

二人の態度が、まるで恋する少女のようだった。


アローとリューネが婚約者となったのは、アローの父ハイロウと、リューネの両親の間で約束が交わされたからである。

リューネの祖父はセーレ領でハイロウに剣術を指導した剣士。その時の恩義からハイロウは、リューネの祖父と繋《つな》がりを持ちたく、生まれてくる子供らを許嫁としたのだ。

そして、生まれてきたアローとリューネ。特に問題もなくお互いが許嫁となり、二人が成長してもそのことに疑問を持たなかった。

アローはリューネを大切にしたし、リューネもアローを大事に思ってる。お互いが婚約者であることに異論はない。むしろ喜んでさえいた……だが、そのことにモエは不安を感じていた。

つまりリューネは、恋を知らないまま成長したのだ。

サリヴァンの両隣にリューネとレイア、その後ろにモエが続く。

四人は、人がひしめく町で、ショッピングを楽しんでいた。

一軒のアクセサリーショップで足を止め、キラキラ光るアクセサリーを眺める。

「リューネには……これなんてどうかな？」

「わぁ～、キレイな髪飾り……」

サリヴァンは小さな宝石がいくつも付いた髪飾りを取り、リューネの髪に添える。

距離の近さから、リューネとサリヴァンは見つめ合い、サリヴァンはフワリと微笑んだ。

「ほら、似合ってる」

「あ……」

リューネの胸が高鳴る。アローとは違う、「男性」の微笑みに心が揺れる。

「あ……ありがとう、サリヴァン様」

「どういたしまして。じゃあ、プレゼントだ」

「え、でも」

「いいんだ。私がキミにプレゼントしたい」

サリヴァンは微笑みレイアの元へ。レイアはネックレスを眺め、宝石のように目を輝かせた。

「レイアには……これかな？」

「わぁ⁉」

「おっと、すまないね」

「いいい、いえ‼」

後ろから抱きしめられたのかと錯覚した。それくらい自然に、サリヴァンはレイアの背後から手を出し、シンプルなダイヤのネックレスを掛ける。レイアの胸元でダイヤが光っていた。

「うん、レイアは首が細いし、シンプルなデザインのがよく似合う」

「あ、ありがとうございます」

「さて、キミにもプレゼントだ」

サリヴァンはモエの元へ。

「キミに似合うのは……」

「いいえ、私はけっこうです。私はメイドなので、分相応というものがあります」

「その前にキミは女性だ。女性にプレゼントしたいという男の気持ちを理解してくれないか？」

「……しかし」

無邪気な子供のように、サリヴァンは微笑む。

モエは困惑した。思いやるような笑顔など、アロー以外に向けられたことがなかった。

「さて、キミには……うん、イヤリングなんてどうかな？」

モエは結局、甘い声に逆らえなかった。


それから一ヶ月、リューネたちは町を満喫した。

アローはアスモデウス本家で生活し、貴族について他の次期当主たちと勉強していると聞き、そのことをあっさりと信じていた。その代わり、話題になるのはサリヴァンのことばかり。

「サリーってば、三段重ねのアイスクリームを落としちゃってさ、泣きそうな顔で言ったのよ。すまないリューネ、キミのアイスを分けてくれ、なーんて!!」

「あはは、サリーってばずいぶん子供っぽいね、それでお姉ちゃんはどうしたの？」

「仕方ないからあげたわよ、そしたらさ……」

姉妹の話題は、サリヴァンのことばかり。モエは何度かアローの話題を出したが、すぐにサリヴァンの話題に切り替わってしまう。アローがすでに町からいないことなど気付いていない。

リューネたちは、毎日楽しく過ごしていた。

それから更に一ヶ月……今日も町で遊び、リューネたちは町を見下ろせる高台にやってきた。

時間も夕方になり、徐々に暗くなっていく。

「ねぇサリー、ここは？」

「何かあるんですか？」

「ここはとっておきの場所さ。見ててくれ……」

日が沈み、辺りが暗くなり……。

「……わぁ」

「キレイ……」

町の光がリューネたちの眼前に広がる。その光景は、リューネたちの心を動かした。

「リューネ、レイア……」

サリヴァンは、夜景を見ながら言う。リューネもレイアも、サリヴァンの横顔を見ていた。

「私と、結婚してくれないか」

その言葉は、二人の心に突き刺さった。

「わ、私……その、あの」

「私は……」

モエはまずいと思ったが、すでに遅かった。

「わ、私!!　私はサリーが好きです!!　愛してます!!」

「私もです、結婚してください!!」

「お待ちくださいリューネ様!!　あなた様はアロー様の婚約者で」

「関係ない!!　私は……私は、サリヴァンを愛してるの!!　アローは……子供の頃から一緒で、婚約者だって言われて……それを受け入れてた。だけど、本当に恋をしたのは、サリヴァンが初めてなの……」

「で、ですが……」

「ごめんモエ、私……自分の気持ちに嘘はつけない」

「あぁ……」

モエは崩れ落ちた。止めるべきなのにできなかった。

「二人とも……ありがとう」

「サリー……」

「幸せにしてくださいね」

「ああ、約束する」

リューネとレイアは、サリヴァンに寄り添った。サリヴァンはその肩を抱き、微笑んだ。

この日の夜。リューネとレイアはサリヴァンに全てを捧げた。サリヴァンの妻として生きていこうと、心に決めた。

サリヴァンには十人以上の愛人が存在し、正妻はすでにいる。そのことを知ってもなお、サリヴァンを愛して捧げた。むしろ、正妻の座を奪ってやると言い、サリヴァンを驚かせた。それくらい、サリヴァンに夢中だった。

アスモデウス本家に挨拶に行き、正妻と愛人たちと顔合わせをした。驚いたことに、正妻や愛人たちは全員が仲良しで、リューネたちもすぐに受け入れてくれた。

それから一ヶ月、セーレ領を出てから三ヶ月が経過し、リューネたちも変わった。

愛人たちとのお茶会やショッピング。化粧やファッションを習い、女性らしく美しく着飾るようになった。

それも全て、サリヴァンのため……言葉遣いも変わり、宝石を身に着け、女性としての自分を磨く。自分の家族やアローのことなど忘れ、サリヴァンを愛し続けた。

モエはもうセーレ領には帰れないと嘆いた。二人を頼むと言われた以上、二人を残して帰ることなどできなかった。その命令だけがモエに残された、アローとの繋がりだった。

そして……その時は来た。リューネとレイアは、サリヴァンの執務室に呼ばれた。部屋に入ると、アスモデウス本家のメイド服を着たモエもいる。

「やぁ、少し……残念な話がある」

サリヴァンは執務机で腕を組み、目を伏せる。

「リューネ、キミの元婚約者アローに、スパイの疑惑がある」

「……アロー？　ああ、アローね……って、スパイの疑惑⁉」

リューネは、アローのことを忘れていた。

「実は、アローが所用でアスモデウス領から去った後から、アスモデウス本家の重要書類がいくつか紛失してるんだ。疑いたくないが、状況からアローとしか考えられない……」

「……それ、本当なの？」

「ああ……申し訳ないが」

「じゃあ、私が直接確かめるわ。セーレ領に行く」

「お姉ちゃん、私も行く……サリヴァンを苦しめるなんて、許せない」

二人の瞳は怒りで燃えていた。

「待ってくれ。証拠の書類を押さえればアローを罪に問える手筈《てはず》を整えてる。現在、四大貴族の三家に確認を取り、現当主アローの処遇を決定する」

「現当主？　ハイロウ様は？」

「ああ、彼は過労で亡くなった」

「ふーん」

「そうですか」

リューネとレイアは特に感情を浮かべなかったが、モエは真っ青になり震えていた。

「リューネの元婚約者だ。死罪だけは勘弁してやりたい」

「どうでもいいわ。でも、ちゃんと謝罪はしてもらわないとね」

「そうですね。このアスモデウス家に泥を塗った罪は償ってもらいませんと」

こうして、アローの処遇は決定した。セーレ領の没収。そして七十二の地域の中で全くの未開発地域である『マリウス領』への領主就任。つまり、追放である。

その決定を受け、リューネたちはセーレ領へ出発した。

サリヴァンに出会い四ヶ月、リューネたちは初めてセーレ領へ帰郷した。

そして、アローと再会……断固たる決別をするのだった。

第二章　マリウス領での出会い

マリウス領は、広大な自然が広がっていた。

未開の地らしく、街道のような人工の道は存在しない。なので、比較的歩きやすい道を進む。

俺が歩いているのは草原地帯。遠くには山も見えるし、森や林などの木々が密集してる場所も見える。見晴らしのいいこの場所では、魔獣らしき影は見えない。

「……」

俺は無言で歩いていた。

これからの予定はない。魔獣と遭遇して食われるか、力尽きて餓死するか。食事はほとんど取っていないので空腹だ。それなのに、思考がやたらに冴《さ》える。

マリウス領はどの領地にも接しない、断崖絶壁に囲まれた領地。わかっていることは、少数だが人間が住んでいること、危険な魔獣が多く生息していることぐらいで、以前どこかの貴族が調査隊を送ったら、僅かな人数しか帰ってこなかったということだ。

そんな魔境で、俺が生きることは可能か……否、不可能だ。

山育ちだから体力にはそこそこ自信がある。それと、貴族としての嗜《たしな》みで剣術は使えるが、腕前は一般レベル。あとは食べられる野草や木の実を見分けたり、小動物の解体くらいはできる。

現在の持ち物は、お情けで貰った僅かな食料と水。折りたたみのナイフが一本に、着火用の火薬と火打ち石のみ……これだけでマリウス領を歩くなんて、自殺行為だ。

「……ははは」

進んだ先に、何があるのだろう。

空には得体の知れない鳥が飛び、遠くには大地を駆ける狼《おおかみ》の群れが見える。

俺は、なんで歩いてるんだろう。なんで、こうなったんだろう。

「は、はは、ははは……あはははははっ!!」

笑いと同時に涙が溢れる。思考がぐちゃぐちゃになり、何もかもがどうでもよくなる。

草原地帯の真ん中で、俺は座り込んだ。

「………」

いろんなものを失った。婚約者に父上、領地。そして最後に失うのは、俺の命。

何が貴族だ。何がマリウス領の領主、アロー・マリウスだ。

『グゥゥゥゥルル……』

唸《うな》り声が聞こえた。俺が顔を上げると、そこには灰色の狼がいた。

「……俺を食うのか?」

『ガゥゥゥゥゥッ!!』

数は二匹。成犬くらいの大きさだ……俺は動かなかった、そして。

『グァウッ!!』

「ぐぁっ!?」

俺の肩に一匹が噛《か》み付いた。ギチギチと肉を食いちぎろうとする。

痛みが肩を中心に全身を駆け巡る。このまま俺は、ここで狼のエサになるのか。

『いいか、強く生きろ……これから先に何が起ころうと、決して諦めるな。どんなに辛くても、苦しくても、必ず明日が来る』

どうして、こんなことを思い出す……もう疲れた。

でも父上はきっと……諦め、座り込む俺を許さないだろう。死んで父上に会えたら、きっと怒られるだろうな。

涙が溢れる……そうだ、父上には、生きろと言われたな。

「う、あぁぁっ!!」

『ギャウッ!?』

俺の肩に噛み付いた狼の前足を掴み、俺は思い切りそれに噛み付いた。

噛みちぎらんばかりの勢いで噛むと、狼の顎が外れた。

「うぉぉぉぉぁぁぁっ!!」

ずっと胸に燻《くすぶ》っていた怒りに火が灯《とも》り、一気に爆発した。

俺は前足を掴んだまま狼を地面に叩《たた》きつけ、腹や頭を殴りまくる。そして、近くの石を拾い何度も殴打した。

狼が死んでも俺は殴る。もう一匹は逃げたのか。どうやら俺の叫びに驚き逃げたようだ。

血まみれの石を捨て、呆然《ぼうぜん》と立ち尽くす。肩から血を流しすぎたのか、目眩《めまい》がする。

「はぁ、はぁ……」

このまま、気を失うのはまずい。こんな草原地帯の真ん中で、狼の死体と並んで気を失うと、戻ってきた狼や危険な魔獣のエサになるかもしれない。

しかも辺りは暗くなり始め、間もなく日が落ちる……だけど、抗《あらが》えない。

「……ちく、しょう」

俺の意識は、そのまま闇に落ちた。

◇◇◇◇◇

パチパチと、焚《た》き火の音がする。

チリチリした痛みが肩から全身に広がり、俺は目を覚ました。

生きている……明るいのは、焚き火のおかげだろう。じんわりとした熱が身体に染み込む。

「う……」

ここはどこだろうか。天井は低く、まるで洞窟《どうくつ》の中のような感じだ。首を動かすと焚き火が見える。そして、大きな影が見えた。

「……起きたか」

低い男性の声。俺はゆっくりと起き上がり、男性と向かい合う。

「手当てはしておいた。それと、食えるなら食え」

焚き火を囲むように、串に刺さった肉がある。男性はそのうちの一本を抜くと、俺に差し出した。

「心配するな。これはお前が仕留めたグレーウルフの肉だ。お前には食べる権利がある」

グレーウルフって、俺が撲殺した狼か。

串に刺さった肉汁の滴る肉を見て、俺は口の中が唾液《だえき》で溢れた。

「いただきます……」

掠《かす》れた声で呟《つぶや》き、肉を齧《かじ》る。

美味《うま》い。ハラハラほぐれ、感触は鶏肉に近い。味は濃厚でたっぷりの肉汁が溢れる。

「ッ!?」

「慌てるな。水も飲め」

男性は水筒を放り、俺は受け取って一気に水を流し込む……人生で、こんな美味い水はあっただろうか。

「……ぅ、うぅぅ」

涙が止まらなかった。生きていると実感した。俺は生きてる……生き残ったんだ。

肉を食べ終え、俺は元気を取り戻した。

気になることはいくらでもあるが、まずは頭を下げる。

「助けていただき、ありがとうございました。貴方がいなければ、俺は死んでました」

男性は俺をジロジロ見て言う。

「気にするな……お前は身なりからして貴族か？　ずいぶんボロボロだが」

「……はい。アローと申します」

「そうか。オレはジガン、たまたま狩りに来てお前を見つけた。あそこでオレが来なかったら、お前はグレーウルフのエサになっていたぞ」

「……あの、聞きたいことが」

「ふ、外から来た人間には未知の領域だ。知りたいことや聞きたいことは山ほどあるだろうな」

ジガンと名乗った男性は、三十代半ばほどだろうか。厳《いか》つい顔に短く切り揃えられた髪、全身が鍛え上げられ、その上から鉄の胸当てを装備。後ろの壁には、大きな大剣が立てかけてあった。

俺から見たジガンさんは、傭兵のイメージだ。だけど恐怖はない。むしろ温かく優しい近所のおじさんみたいな雰囲気を感じる。

「えっと、ここ……どこですか？」

「ここはお前の倒れていた草原近くの岩場だ。岩場の隙間と言った方が正しいな」

確かに、洞窟というよりは岩場の隙間だ。

これなら魔獣が襲ってきても死角はない。だが逃げ場がないということでもあるが、この人の自信からすると、逃げる必要がないくらい強い人なのかも。

「ここは、マリウス領……ですよね」

「そうだ。七十二の地域で最も未開発の地域。そして最も恐るべき地域だ」

ジガンは荷物の中から瓶を取り出し、中の琥珀《こはく》色の液体をカップに注ぐ。

「お前も飲むか？」

「い、いえ……」

「そうか。では酒の肴《さかな》にお前の話を聞かせてくれ。助けた礼と思って気軽に話せばいい」

「……………」

気軽に話せって……けっこう重い話だ。

アスモデウス領の未来のためにセーレ領が没収されたこと、婚約者、可愛がっていた婚約者の妹とメイドも奪われたこと、父親を毒殺され無実の罪でこのマリウス領に放り出されたこと。

俺は全てを話し……拳を握り締めていた。

「そうか……それで、お前はどうするんだ？」

どうするか？　……俺は、この怒りを忘れることができない。

「俺は、サリヴァンを許せない……!!」

煮えたぎる怒りが、言葉となって出た。

「サリヴァンを許せない。リューネとレイアとモエも許せない。セーレ領を取り戻したい……」

ドロドロと俺の中から何かが溢れてくる。醜い液体が、身体中の穴から出てくるような不快感。

「お前の怒りはわかった。だが、どうすることもできない。お前一人では、立ち向かうことも、ここで生きることもできない」

俺はジガンさんを睨む。この人が間違っていないのはわかる、だけど俺の感情は暴走していた。

「だったら……どうしろってんだ」

「知らん。オレは事実を言っただけだ。それに、お前一人じゃこの領地から出ることもできない。断崖絶壁で立ち往生して、そのまま魔獣のエサになるのがオチだ。今回はこの平原で最弱のグレーウルフが相手だったから運が良かっただけ」

琥珀色の液体を飲みながら言う。きっと強い酒なんだろう。香りが俺の傍《そば》まで漂ってきた。

ジガンさんはカップを空にすると、一息ついて言った。

「明日、オレの住む集落に連れていってやる。そこでゆっくり考えろ」

「……え？」

「力を付けてアスモデウス領に復讐《ふくしゅう》するのもいい。全てを忘れて集落で生活するのもいい。どうするかはお前の自由だ」

「しゅう、らく？」

「ああ。マリウス領には大きな町はないが、小さな集落は無数にある。そのうちの一つに、オレの住む集落がある。そこで良ければ案内しよう」

「なんで、そこまで……」

ジガンさんにとって、俺はただの行き倒れだ。そこまでする理由はないし、こんな十七歳の子供なんて放っておけばいい。

「人を助けるのに理由はいらん。お前の境遇には同情するが……元気を出せ。どんなに辛くても、明日は来る。いつだって今日を生きるしかないんだ」

その言葉は、俺の中にストンと落ちた。久しく向けられなかった、優しさに溢れていた。

「……う、うぅぅ」

「泣くな。水分が勿体《もったい》ない」

優しかった。全てを失った俺の心を慰めてくれた。ジガンさんの存在が父上と重なって見えた。どんなに辛くても、明日は来る。いつだって、今日を生きるしかない。

「……俺、考えてみます。これから先のこと、じっくりと考えてみます」

翌朝……俺はいつの間にか寝ていたらしい。

毛布をまくり上体を起こすと、ジガンさんが串焼きを齧っていた。

「……起きたか。食え」

「え、あ……ありがとう、ございます」

昨日の肉の残りだろうか、カリカリに焼けた串焼きを手渡される。

俺はそれを素早く完食すると、気が付いた。

「もしかして……寝ないで火の番を？」

「当たり前だ。そもそも、狩りをしてすぐに集落へ戻るつもりだった。お前を担いでいくのも考えたが、怪我《けが》をしていたからな。手当てをして一晩明かしてから歩かせた方がいいと判断した」

「……すみません」

「そういうつもりじゃなかったんだが……すまんな。それより肩は平気か？」

「あ、はい。痛みはありますけど、そこまででは……」

「そうか。集落へ着いたら包帯を交換してやる」

ジガンさんは立ち上がり、火の始末をする。俺も立ち上がり体調を確認するが、どうやら肩以外に不調はない。昨晩はぐっすり眠れたので、そのおかげもあるようだ。

「魔獣の出ないルートを通って進む。だいたい三時間ほど歩くが平気か？」

「はい。貴族ですけど、山育ちですんで」

「ふ、そうか……では、行くぞ」

この人、顔は怖いけど笑うんだな。そう思っていると、ジガンさんは歩き出した。

魔獣が出ないルートとやらは、どうやら森の中らしい。

「魔獣の通り道は決まっている。通り道さえ把握すれば、危険な魔獣に出くわすこともない。このマリウス領に外部から来た人間は、大抵が大型魔獣の通り道を進みエサとなる」

「じゃ、じゃあ俺は……」

「ああ。いずれは魔獣のエサだったろうな」

ぶるりと震えた。以前は死んでもいいと思ったけど、今は生きてて良かったと思う。

森の中は薄暗く、どこからか得体の知れない鳴き声も聞こえる。

道は整備などされておらず、藪《やぶ》を掻《か》き分けるように進んでいく。

どうやら魔獣が通らないルートとは、魔獣の痕跡《こんせき》のないルートのことだ。魔獣が通った跡は、フンやら木に引っかき傷が残る。これは俺も知ってる。

「ところで……アロー」

「は、はい!!」

初めて名前を呼ばれ、思わず緊張して返事をした。

「お前、武器は使えるか？」

「え、えーと……剣はまぁ、そこそこ」

「そうか。じゃあこれを」

ジガンさんは腰の短剣を鞘《さや》ごと抜いて俺に渡す。どうやら解体用らしく、血脂が付いていた。

「昨日、グレーウルフの解体で使ったナイフだ。念のため渡しておく」

俺は短剣を腰のベルトに差す。贅沢《ぜいたく》かもしれないが、集落に到着したら服でも貰えないだろうか。

肩は血の跡や噛みつきの跡でボロボロだし、そもそも何ヶ月も同じ服なので臭《にお》う。

「集落に着いたら、オレの服をやる。それまで我慢しろ」

え、何この人、俺の心が読めたのか？

それとも、俺ってそんなにわかりやすかったのかな。確かに袖をクンクンしたりしてたけど。

三時間ほど歩くと、森を抜けた。

森を出た先に、煙が上がっている。あそこに、ジガンさんの言った集落があるのだろう。

しばらく歩くと、木々に囲まれた先に、丸太の囲いが見えた。

「この集落には百人ほどが集まって生活してる。皆、この集落で生まれ育った者だ」

「へぇ……あの、魔獣とかは出ないんですか？」

「ああ。この辺りの木々は魔獣避《よ》けのニオイを放つ、天然の防護壁を兼ねている。しかも、人間には感知できないニオイだから、生活するには持ってこいの場所なんだ」

集落に入り気付いた。中には丸太を組み合わせたような家がいくつかあり、集落の中を小さな川が流れている。集落では畑を耕したり、魔獣を解体したり、追いかけっこをしてる子供がいた。

「さ、オレの家に案内しよう」

集落を進むと、やっぱり注目された。ジガンさんと同年代のおじさんが、すれ違いざまに言う。

「ようジガン……おい、誰だ？」

「ああ、外から来た貴族だ。このマリウス領の領主だそうだ」

「領主〜？　ははは、そりゃいいな」

「とりあえず今日は勘弁してくれ、また後日紹介する」

「ああ。じゃあな領主さん。ゆっくり休んでいけ」

おじさんは、そのまま丸太小屋の中へ。すると今度は洗濯物を抱えたおばあちゃんが。

「ジガン……おやおや、でっかい拾いモンだねぇ……」

「ああ、集落で世話になる。後でゴン爺《じい》に挨拶に行くから、それまで勘弁してくれ」

「はいはい。兄ちゃん、ゆっくりしていきな」

「ど、どうも」

おばあちゃんはニッコリ笑うと川に洗濯へ。その後も何人かに話しかけられ、気が付いた。

「俺、よそ者なのに……親切ですね」

「当たり前だ。お前を嫌う理由がない」

そっか、当たり前なんだ……なんだか、嬉《うれ》しいな。

「さぁ、ここだ。入れ」

「あ、お、お邪魔します」

にやけていると、横長の丸太小屋に到着した。

窓にはガラスも使われてるし、文明はちゃんとある。どうやって作ったりしてるのかは知らないが、最低水準の文化レベルには到達してる。

ドアを開くと、中は広かった。椅子《いす》テーブルに暖炉、床には魔獣の毛皮が敷いてある。

ジガンさんは大剣を壁に掛ける。すると、奥のドアから誰かが出てきた。

「もうジガン!! 心配したのよ!! 狩りに出かけて帰ってこないし、集落のみんなは心配ないって言うし、もう……」

「ただいま、ローザ。それと……心配かけた」

女性だった。二十代後半ぐらいだろうか、かなりの美人だ。

「あら、お客さんかしら？」

「ああ。外から来た貴族だ。怪我をしていたから一晩休んでいた。だから帰らなかったのさ」

「そう……あら、怪我をしてるの？　見せて」

「は、はい……あ、あの」

「私はローザ。ジガンの妻よ。さぁ脱いで、傷の手当てをするわ。あなた、お湯を沸かして、それと着替えを出してあげて」

「ああ、わかった」

衝撃的すぎて固まっていると、今度は別の部屋のドアが開く。

「あ、ぱぱ、おかえり」

「ただいま、レナ。いい子にしてたか？」

「うん。ぱぱ、帰ってくるのおそい」

「悪い悪い、ほーら」

「きゃあ、高いたかーいっ」

三歳くらいだろうか、女の子が出てきた。ジガンさんが高い高いをしてやると喜んでる。

「あれ、お客さん？」

「ああ。パパの……お友達だ」

「おともだち……」

「さ、こっちにおいで」

ジガンさんは、女の子を抱っこしたまま奥へ。

俺は下着一枚になり、ボロボロの服は処分。お湯を貰い身体を拭《ふ》き、改めて肩に薬草の塗り薬を塗り込み包帯を巻く。ジガンさんのお古の服を貰い、臭い身体からようやくおさらばした。

「うん。似合ってるわね、少しサイズが大きいけど我慢して。後で縫い直してあげる」

「あ、ありがとうございます」

「アロー、これも持っていろ」

「はい。これは……剣、ですか？」

「ああ。集落の鍛冶屋《かじ》が打った剣だ。オレには細すぎて使えん、お前にやろう」

「おお……ありがとうございます」

手渡されたのは細い片刃の剣。まぁ、使う機会はないだろう。護身用としてちょうどいい。

貰ったベルトに差し、最初に貰った解体用ナイフを返す。

「さて、まずは食事だ。それが終わったらゴン爺のところへ行くぞ」

「ゴン爺？」

「この集落の長《おさ》だ。これからどうするにしろ、挨拶だけはしておけ」

「は、はい……ん？」

くい、とズボンが引っ張られた。視線を下げると、小さな女の子が俺のズボンを引いている。

「ああ、紹介しよう。オレの娘のレナだ」

俺はしゃがみ、目線を合わせる。小さな子供は嫌いじゃない、可愛いしな。

「こんにちは。俺はアロー、よろしくね、レナちゃん」

「こんにちは、レナです!!　よろしくお願いします!!」

ぴっちりとした自己紹介だ。キチンと頭を下げてる。

レナちゃんはローザさん似なのは間違いない。ジガンさん要素がないように見える。

俺がレナちゃんの頭を撫でると、レナちゃんはにっこり微笑んだ。

「さてローザ、食事の支度を頼む」

「任せて。お昼だけど肉を焼くわね」

ローザさんはキッチンに消え、ジガンさんはレナちゃんを抱っこして椅子に座る。

ジガンさんに促され、俺も椅子に座った。

「さて、集落のことを説明しておこうか」

「お願いします」

ジガンさんは、俺が知りたいことを話してくれた。

◇◇◇◇◇

マリウス領について話を聞くと、知らないことだらけだった。

元々が断崖絶壁に囲まれた領土で調査が不十分ってのもあったし、送り込んだ調査隊がたまたま大型魔獣に出くわした。そして生還した調査隊員が報告した事実によって、ありもしない噂が飛び交ったのかもしれないな。

だけど、大型魔獣が普通にいるのは事実。

大型魔獣なんて、七十二の領地でも、年に数回しか出現の報告は聞いてない。

この集落は、マリウス領に無数に存在する集落の一つで、住人は百人ほどの小さな集落だ。集落の大きさはバラバラで、大きいところでも百から百五十人程度。それぞれの集落でやり取りすることもあれば、全くの自給自足で生活する集落もあるらしい。

この集落は後者。なので、狩猟や農業で生活をしてる。

ジガンさん一家は、ジガンさんが狩猟、ローザさんが家事と農耕で生活している。

「マリウス領に人が住んでるのはわかっていましたけど、みんなバラバラに住んでるんですね」

「まぁな。昔からそうらしいが、詳しいことはわからん。それと……ここは大型魔獣が多く生息する。なんの対策もなしに入ればあっという間に魔獣のエサだ。現にオレは、何度も死体を見てる」

怖すぎるだろ……セーレ領でも、大型魔獣なんて見たことがないぞ。俺が知る限り中型魔獣が過去に一度だけ出たらしい。それでも討伐団が百人規模で編成されて、犠牲を出しつつようやく討伐できたほどだ。

「集落の基本は物々交換だ。肉や薬草はもちろん、魔獣の素材や鉄鉱石なども好まれる」

「鉄鉱石？」

「ああ。集落の鍛冶屋が武器防具や農具を作る。魔獣の骨などを加工して鎧《よろい》を作ったり、革を加工して服やカバンを作ったりな」

そこまで喋ると、ローザさんが食事を運んできた。

「話はそこまで。さ、お昼にするわよ。アローくんの歓迎と、心配をかけたジガンの帰宅祝いよ」

「……うぐ、す、すまんな」

「あ、ありがとうございます」

バツの悪そうなジガンさんは、レナちゃんを手作りの子供椅子に座らせた。

「おぉっ!!」

「わぁ、ごちそうだぁ!!」

俺とレナちゃんは、思わず声を出した。

メインは丸々とした七面鳥だ。どうやら血抜きをしていたらしく、俺の祝いはともかく出す予定だったらしい。野菜たっぷりのスープに、たくさんのパンもある。

「さぁ、遠慮なく食べてね」

ローザさんが七面鳥を取り分けて俺の皿の上に。腹も減っていたので、俺は遠慮なく齧る。

「……うまい」

七面鳥は味が濃厚で美味い。食べる手が止まらない。

「ふふ、いい食べっぷりね」

「ああ、オレも負けてられん」

「レナもー!!」

温かい食事、温かい家族……失い、彷徨《さまよ》い、孤独だった俺の心に染み渡る。

肉を咀嚼《そしゃく》してると、視界が滲《にじ》んできた。

「……あら」

「……」

ローザさんとジガンさんが俺を見る。レナちゃんが、心配そうに声を掛けてきた。

「おにーちゃん、オナカいたいの?」

「……いや、ちがうよ」

「でも、泣いてるよ？　いたいの？」

「ううん、嬉しくても、涙は出るんだ」

俺は涙を拭《ぬぐ》い、食事を完食した。

そして、一息ついてからゴン爺という長の元へ向かう。

「……大丈夫か？」

「はい。すみません、心配かけて」

なんか俺、泣いてばかりだ。いろんなことが起こりすぎて、涙腺が緩くなってる。

そしてゴン爺の家に到着。見た目は普通の丸太の平屋だ。

ジガンさんはドアをノック。ドアが開くと、立派な椅子に座り煙管《キセル》を吹かす、ツルツルの頭にモッサモサの顎髭《ひげ》の、七十歳くらいの老人がいた。

「ゴン爺、新しい移住者だ」

「聞いとるよ。まぁ座んな」

まるで待ち構えていたような態度だ。小さい集落だし、俺のことは伝わっているようだ。

ゴン爺は、俺をじっと見てる。なんか怖いな。

「え、あの……その、こんにちは」

「……アロー、まずはお前の事情を話せ」

挨拶もそこそこに、俺は全ての事情を説明した。

サリヴァン、リューネとレイア、そしてモエ。話していると、再び怒りがこみ上げる。

「なるほどのぅ……」

ゴン爺はそれだけ言うと、煙管を吹かす。

「それで、お前さんはどうしたいんじゃ？　復讐か？　それとも全て忘れてここで暮らすか？」

サリヴァンたちに対する怒りは消えていない。この気持ちが消えることは恐らくない。

だけど、俺一人ではアスモデウス領へ行くこともできない。

ここで暮らすのも悪くない。だけど、父上を毒殺されて、セーレ領を奪われて、何事もなかったかのように忘れて、安寧の日々を送るなんて、俺にできるだろうか？

「……わからない」

ふと、そんな言葉が出た。するとゴン爺は煙管の灰を落とす。

「なら、まずはここで暮らすのが良かろう……まぁ、いずれ復讐の気持ちが薄れるかもしれんし、ふとしたきっかけで復讐のチャンスが来るかもしれん。まずはしっかり考えるんじゃ」

「は、はぁ……」

「焦っても仕方ない。まずは生きて力を付けるんじゃ。お前さんがどんな答えを出そうと、その時まではこの集落の仲間じゃ。それに、マリウス領の領主でもあるからのぅ」

ゴン爺は、煙管を揺らしている。なんだか楽しそうに見えるな。

「ジガン、確か集落の外れに空き家があったはずじゃ。手入れをすれば使えるかの？」

「……オレの家でも構わんが」

「アホたれ。小僧は一人で考える時間が必要じゃ。それに、お主もローザとの夜の営みを知られたくはあるまい？」

何言ってるんだこの爺さん……ジガンさんが無表情で見てるし。

「よし。では今日の夜は小僧の歓迎会じゃ。それぞれ肉や酒を持ってワシの家に集合じゃ!!」

「わかった。皆に伝える。家屋の手入れは……」

「集落にいる若い衆総出でやればすぐ終わる。ワシは小僧と少し話すから、後は頼むぞ」

「……わかった」

そう言うと、ジガンさんは出ていった。

「さて、せっかくだし聞きたいことはあるかの」

「聞きたいこと……」

うーん、そう言われても……現状を理解するのだけでも精一杯だしな。

「ま、わからんことは何時でも聞け。それと、この集落の掟《おきて》を教えておく」

「掟?」

「うむ。『助け合い、決して仲間を見捨てるな』じゃ。これだけは守ってくれ」

助け合い、決して仲間を見捨てるな……いい言葉だな。

これから俺は、この集落で生活を始める。考えることは山ほどある。もちろん、サリヴァンに復讐したい気持ちもある。だけど、まずは生きなくちゃならない。

これからのことを考えながら、精一杯の力で生きてみよう。

しばらくゴン爺の家で話していると、外がガヤガヤと騒がしくなってきた。

「お、来たのぅ」

ゴン爺がそう言うと、バタンとドアが開き、何人もなだれ込んできた。

驚いて見ると、ジガンさんがレナちゃんを抱っこして前に出る。

「すまない、宴《うたげ》など久しぶりだからな。皆が総出で家を修復してこんなに早く終わってしまった」

「ほっほっほ、実にいい話じゃないか。さぁて、宴の準備じゃ!!」

要は、宴を早くやりたいから、みんなでチャッチャと終わらせよう、そんな感じだったのか。

人数は三十人ほど。男女半々といったところで、子供は五人しかいない。一番年上の子でも六歳ほどだろうか、あとはみんな四歳ほどだ。

家が横長なので、テーブルをいくつか足せばそのまま全員が座れ、それぞれが持ち寄った料理や酒を並べ、ゴン爺の奥さんが小皿を並べる。

俺は上座に座らせられ、カップに酒を注がれ持たされる。

「さてアロー、集落の仲間に自己紹介じゃ」

ゴン爺が言う。俺は立ち上がり、恥ずかしいけど自己紹介する。

「えーと、俺はその……アロー・セーレ。じゃなくて……アロー・マリウスです。名目上は、このマリウス領の領主ということになってます。けど、何も知らないただの子供なので、これから精一杯生きていこうと思います。これからよろしくお願いします!!」

少しつっかえたが、なんとか挨拶できた。顔を上げると、みんなが拍手で迎えてくれる。

「さて、後は無礼講じゃ!! 飲んで騒いで歌って、みんなでアローを歓迎しようかの!!」

ゴン爺が言うと、オォーッと歓声が上がる。後はとにかく飲んで騒ぐ。

すると、いきなり肩を組まれた。

「ようアロー、ワシはドンガンだ。集落で鍛冶屋をやっとる。鉱石を見つけたら持ってこい!!」

「は、はい」

すでに酒くせぇ……この人、宴会前から飲んでたな？

圧倒されていると、今度は反対側から引っ張られる。

「ちょっとドンガン、独り占めしないでよ。はじめましてアロー、あたしはヌイヌイ。魔獣の毛皮や素材で服や小物を作ってるの。これからよろしくね」

「おわぁ!?」

「んふふ、可愛いわねぇ～」

ヌイヌイさんは三十歳くらいだろうか。いきなり頭を抱え込まれ、胸に押し付けられる……うわぁ、メッチャ柔らかい……すると、またしても声が掛かる。

「ヌイヌイ、放してやれ。窒息したらどうする？」

「その時は貴方の仕事よ。ふふふ」

ようやく開放され、俺は声の主を見る。

そこにいたのは、酒のカップを静かに傾ける、ダンディな髭のおじさんだった。

「……オレはドクトル。医者だ」

「は、はじめまして。アローです」

「ああ、よろしくな。死なない限りは治してやる」

ドクトルさんはカップをクイッと傾ける。その姿はキマってるけど、狙ってんのかな。

集落の住人全員と挨拶した。個性的な人たちばかり……でも、みんないい人ばかりだ。

こうして、宴は遅くまで続いた。

宴がお開きになり、俺はジガンさんに案内されて、これから住むことになる家に向かった。

「ここだ」

場所は集落の外れ。ゴン爺の家みたいに横長で、家の近くに川が流れてる。荒れてはいるが畑もあり、手入れすれば使えそうだ。

「数年前に家族が住んでいてな、今は使われていない。柱や床板もしっかりしてるし、立て付けの悪くなった部分を交換して掃除をした。ベッドも使えるから今日は休め」

「……何から何まで、ありがとうございます」

「気にするな。それと、これからのことを考えろ。この集落で生きていくなら力になろう」

「ジガンさん……」

ジガンさんは、干し肉やスープの入った寸胴鍋《ずんどうなべ》を置いて帰った。

俺は家に入り、間取りを確認する。

家族が住んでいたからなのか、部屋は三部屋。メインの居間に寝室、そして子供部屋だ。

居間は暖炉があり、家具も一通り揃ってる。寝室には大きなベッドが設置され、シーツや枕も新品になってた。

満腹なのと宴の疲れで、フラフラと寝室へ向かった。

「……寝よ」

服を脱ぎ、柔らかいベッドにダイブし目を閉じる……すぐに睡魔に襲われ、俺は眠りに落ちた。

翌朝。俺はまだ暗いうちに起きてしまった。

疲れはあったのに、慣れない環境からか睡眠が浅い。背伸びしてベッドから起き、無意識で剣を腰に差して外へ。コキコキと首を鳴らし、近くの川で顔を洗った。

「ぷはぁっ!!」

冷たくて気持ちいい……刺さるような感触に、眠気が吹き飛ぶ。

「……よし!!」

気持ちを入れ替え前を向く。まずは、このマリウス領のことを知らなくてはならない。

生きるために、やるべきことはたくさんある。

この場所は集落の外れだからか、見回しても民家がない。あるのは集落を流れる川と田畑だ。

背後には魔獣避けの木が並び、その先は危険地帯の森だ。いくら魔獣避けの木があっても、正直なところ怖い。

まずは、できることを探すため、ジガンさんのところへ行こう。と……考えた時だった。

「い〜や〜っ!?」

なんと、危険地帯の森から声が聞こえてきた。

「……え、声?」

俺は思わず振り返る。確かに、女の子らしき声が聞こえてきた。

いやいや……危険地帯の森の奥から、女の子の悲鳴。あり得ないだろ。

「死ぬ死ぬ死ぬ〜〜!?」

あ、やっぱり聞こえた。それに、ドスンドスンと地響きまで感じる。

マズいな、ここは集落の外れだし、助けを呼ぶ時間がない。とはいえ、俺が行っても……なんて、言ってる場合じゃないな。

「待ってろよ!!」

見捨てたくない。その思いが俺の身体を動かした。

魔獣避けの木を抜け、俺は声のした方向を見る。

木がなぎ倒された痕跡を見つけ、慎重に、急いで後を追う。

「マズい……どんどん集落から離れてる」

どうやら声の主は、俺の家の近くを通り過ぎ、そのまま集落の反対側に走っていったらしい。

ズンズンと地響きはする。近いのは間違いない。どうやら魔獣は弧を描くように進んでる。なので、先回りするために直進して、おおよその位置まで藪を掻き分けて進むと……来た!!

「こっち来ないでよぉ～っ!!　このバカトカゲ～っ!!」

白い包みを抱えた銀髪の少女だ。そして、彼女を追っているのは巨大なトカゲ。

長さ二十メートルはある、ツルツルした皮膚の化物だ。

「ちゅ、中型魔獣……!?」

どうやら少女をエサと思ってる。どうしようと迷い、俺は足元に落ちていた石を拾った。

もし、これをトカゲに投げれば、注意が俺に向くかもしれない。そして俺に標的を変えるかもしれない……そうすれば、少女は逃げられるかもしれない。

「俺が死ぬかもな……でも」

トカゲとの距離は十メートル。俺は立ち上がり、全力で石を投げた。

「おぅらっ!!　こっちだ、このバケモノトカゲっ!!」

『ギィッ!?』

なんと、石はトカゲの目に当たった。運がいいのか悪いのか……トカゲは俺に向き直る。

「逃げろッ!!」

少女に向かって叫ぶ。俺は少女と反対側に逃げ出すと、案の定トカゲも標的を変更した。

後は、俺が逃げるだけ……俺はひたすらダッシュした。

来た道を引き返し、魔獣避けの木まで進む。そこまで進めば、俺の勝ち……だが。

「は、速いっ!?」

どうやら俺は、トカゲの怒りを買ったらしい。二足歩行と全力の四足歩行ではあちらに分がある。

しかも藪は走りにくいし、どうしてもスピードが落ちる。

「ちくしょうっ!!」

このままだと、食われて死ぬ。魔獣避けの木まではまだまだ距離がある。腰にある剣のことなんて、考えもしなかった。

そんな時だった。

「ねぇアンタっ!!　武器持ってるでしょっ!!」

「なんでここにいるんだよぉーっ!?」

少女が、先回りして俺の隣に来た。両手で白い包みを抱いた少女は、俺の腰に注目してた。

「武器、貸してっ!!」

「はぁぁっ!?　いいから逃げろっての。この先に魔獣避けの木があるからそこまで進めばっ!!」

「あーもう、いいから貸しなさいっての!!　あとこれヨロシクっ!!」

少女は白い包みを俺に渡し、腰の剣を勝手に抜いた。そのまま振り返り、トカゲと対峙《たいじ》する。

「へぇ、軽いけどいい剣ね。よく切れそう」

トカゲの突進は止まらない。俺も止まり、思わず振り返る。そして叫んだ。

「逃げろーっ!!」

ズバン!!　と空気が振動した。

叫んだ俺は、目の前の惨事から目を背けてしまった。恐らく少女は丸呑《の》みされたのだろう。

白い包みを抱きしめ、次は俺の番だと覚悟をした。

「コレ返す。ありがとね」

そんな声が聞こえてきた。俺は恐る恐る顔を上げる。するとそこには。

「はい、これ」

剣を突き出す、銀髪の少女。その背後には、縦にスッパリ両断されたトカゲがいた。

俺は呆然としながら立ち上がり、剣を鞘に収める。

「……キミが、やったのか？」

「まぁね。素手じゃ無理だけど、武器を持てばあんなトカゲ敵じゃないわ」

森から差す光が少女を照らす。美しくも逞しい姿は、まるで女神のようだった。

「それと、苦しそうだし、あんまり強く抱きしめないでよね」

「あぅ〜」

白い包みから、可愛らしい声が聞こえた。

包みを開くとそれは、生まれたばかりの赤ちゃんだった。

「はぁ～……ねぇ、何か恵んでくれない？　実はさっき降りてきたばかりで、お腹減《なか》ったのよ」

「お……降りてきた？」

「うん……あんたはいい人そうだし、命懸けで助けてくれた恩もあるしね。教えてあげる」

少女はビシッとポーズを決め、高らかに自己紹介をした。

「あたしは『戦と断罪の女神アテナ』よ。よろしくね」

こうして、俺はアテナと出会った。

第三章　アテナとルナ

俺は、妙なポーズを決める少女アテナを見た。

顔立ちはとんでもない美少女。そして長く腰下まである銀髪はキラキラ光り美しい。

正直、どこかの貴族令嬢と言っても過言ではない。というか……こんな場所にいるべき少女じゃない。しかも赤ん坊を連れてなんて、あり得ない。

「とにかく、お腹減ったから食べ物ちょうだい。それにルナにもご飯あげないといけないし」

「る、ルナ？　この子か？」

「そう。『愛と幸運の女神フォルトゥーナ』よ。長いから私はルナって呼んでるわ」

「へ、へぇ～……」

俺はキャッキャと笑う赤ん坊を見つめながら思った。この子はちょっとアレな感じの子だ。うん、間違いない。

「ねぇ、貴方の名前は？」

「え、ああ。俺はアローだ、アロー・マリウス」

「アローね。私が地上に来て出会った人間第一号かぁ、よろしくね」

「は、はぁ」

「とーにーかーくっ!!　まずはご飯ちょーだい、聞きたいことがあるなら答えるからさ」

確かに、ここは危険だ。中型魔獣の脅威は去ったけど、早く集落に戻った方がいい。

それに、どんな事情があるか知らないけど、赤ちゃんがいるならなおさらだ。

「じゃあ、俺の家に行くか」

「おっけ、案内よろしくね、アロー」

俺は赤ちゃんのルナを抱っこしたまま、家まで歩き始めた。

集落に戻り、無事に我が家に帰ることができて安心していると、アテナが言う。

「ここがアローの家……ふーん、けっこう広いじゃん」

「そりゃどうも。俺も住み始めてまだ一日目だけどな」

「そーなの？」

「ああ、いろいろあってな。とにかくメシにしよう」

「やった、早く早く!!」

なんとなく、この少女相手にはタメ口でいくのが正しい気がした。

現に、アテナも気にしてないし、俺もしっくりくる。このままでいこう。

「さ、どうぞ」

「おっじゃま〜」

家の中に入り、赤ちゃんをアテナに渡す。

「ちょっと待ってろ」

俺はキッチンに向かい、かまどに火を付ける。大きな寸胴鍋には野菜たっぷりスープが入ってる。

干し肉もあるし、今日の朝ご飯はこれで決まりだ。

いい感じに温まってきたので、俺とアテナのスープをよそう。

「はぁ？　私にできないのよ、あんたができるワケないじゃない」

「んなワケあるか。虐待だぞ……よし、ここは俺が」

「じゃあどうすんのよ!!　干し肉でも口に突っ込めばいいの!?」

「お、おい止めろって、嫌がってるだろ」

「も〜っ!!」

「やぁーっ」

「あ、こらルナ、好き嫌いはダメだっての、ほら!!」

「やぁぁ、やぁぁ」

赤ちゃん言葉かよ。アテナはルナの口元にすり潰した野菜のスープを近づけると……。

「ぶふっ……」

「ふふふ、私に任せなさい。姿は変わってもルナはルナ……さぁごはんでちゅよ〜」

スープをよそうと、アテナがスプーンをひったくる。なんだよ一体。

俺はアテナの隣に座り、小さな小皿とスプーンを持つ。

「お待たせ。まずは赤ちゃんからだな」

赤ちゃんのことは詳しくないけど、これだけ細かく刻めば食べるだろう。

俺は小さな小皿に野菜スープを盛り、スプーンで野菜を細かく潰《つぶ》して刻み、食べやすいサイズにする。

「ああ、じゃあ……」

「大丈夫でしょ。あ、野菜は細かく刻んでね」

「なぁ、赤ちゃんは野菜たっぷりスープって平気か？」

だんだんアテナの態度が馴れ馴れしくなってきた。もしかしてこっちが本性なのかな。

「とにかく、貸してみろ」

「ふん、どーぞ」

俺はアテナからルナを受け取る。とりあえずスープを置いて、ルナを抱っこして安心させた。

「いい子だ、よ～しよし……」

「あぅぅ、あぁ」

俺は舌を出してみたり、変顔をして笑わせてみた。

少しは警戒心が解けただろうか、試しにスープをよそってみた。

「ほ～れ、おいしいぞ～」

「あは、あはは」

「はい、あ～ん……」

「あ～ん……」

お、食べた。しかも美味《おい》しいのか微笑んでる。口をモグモグ動かし、こくりと飲み込んだ。

「おいアテナ見ろよ、ちゃんと食べたぞ」

「そーね……んぐ、っぷは。ねぇこの干し肉もっとない？　これじゃ全然足りないわ」

アテナは、スープを完食し干し肉を囓っていた……何コイツ、俺の苦労を無視して一人で食ってたの？

「はぁ～……ごちそうさま。お腹いっぱい。デザートある？」

「そんなのあるわけないだろ」

「じゃあ、さっさとルナにご飯あげてよ。それ終わったら食後のお茶ちょーだい」

「ンなモンあるかっ!!」

アテナの第一印象は、失礼な大喰《ぐ》らいだった。

食事が終わり、俺は干し肉を囓る。アテナはルナを抱っこしてた。

「で、アテナ。なんでお前はあんなとこにいたんだ？」

「だーから、降りてきたばっかって言ったじゃん。運悪く中型魔獣の背中に降りちゃって、追っかけられたのよ」

「……うーん」

「何よ、信じてないの？」

「いや、その……女神だっけ」

「そうよ、私は『戦いと断罪の女神アテナ』よ。さっきも言ったじゃない」

それは知ってる。七十二の地域じゃ知らない人はいないくらい有名な女神だ。

デヴィル大陸では司《つかさど》法を司る女神として扱われてる。裁判などでは公平の証《あかし》として女神アテナに祈りを捧げることもあるしな。

「……うーん」

「何よ、ジロジロ見て」

こいつが女神ねぇ……確かに、中型魔獣を一刀両断したのは驚いた。あんなの普通の人間にはできない芸当だと思う。

「仮に、お前が女神アテナだとしたら、なんで地上に降りてきたんだ？」

「そ、それは……その、え～っと」

「言えないのか？」

あからさまに目を逸《そ》らした。何かを隠してるな、っていうかわかりやすすぎる。

「まぁその、いろいろあったのよ。あは、あはは……」

「………」

「う、べ……別にいいでしょ!!　ちょっと至高神様のお社でつまみ食い……」

「は？　つまみ食い？」

「あ、いや……もう、別にいいでしょ!!」

よくわからないけど、何かほっとけない。ルナがいるからだろうけど。

「まぁいい。それで、これからどうするんだ、行く当てはあるのか？」

「ないわよ。来たばっかだし、ルナはこんなだし、このまま寿命が尽きるまでここにいるわ」

「は？　寿命が尽きるって……」

「そのままよ、死ぬまでここにいる。どーせ帰れないしね」

「おいおい、何言ってんだよ。お前はともかくルナが可哀想《かわいそう》だろ」

「ちょ、お前はともかくって何よ。言い方ムカつくんですけど」

わけわからん……それに、死ぬとか言ってるし、嘘か本気かも読めない態度だ。

「なぁ、マジで事情を話せよ。俺もこの集落に来たばかりだし、力を合わせようぜ」

「……む」

なんとなく、コイツも望んでここに来たワケじゃないのがわかった。

ほっとけない気持ちになったのは、境遇が似てるからだろうか。

「わかった。ただし……笑わないこと、そしてあんたの事情も話すこと」

「いいよ。でも、聞いてもつまんないぞ？」

「それは私が判断する、いいわね」

「はいはい、じゃあそっちからどうぞ」

アテナはため息をつくと、恥ずかしそうに言った。

「……その、つまみ食いしちゃって、罰として落とされたの」

「……はい？」

「簡単に言うと、至高神様のお社にある至高の果実をちょ〜っと貰ったのがバレちゃったのよ。それで怒られちゃって……罰として人間として地上で一生を過ごせなんて言われちゃってさ……っていうか、悪いのは私じゃなくて、アイツが転んで物音を立てるから……」

何を言ってるのかさっぱりわからんが、一つだけわかった。

「あのさ、貰ったっていうか盗んだんだろ？」

「うぐ、そ、そうとも言うわね。それでその、アイツとケンカになってさ、人間界に降りる時に受肉の魔法を使ったんだけど、そこにたまたまルナが巻き込まれちゃって、私はこんな中途半端な年齢に、ルナは赤ちゃんになっちゃって」

「え、じゃあルナはお前の失敗の被害者なのか？」

「し、仕方ないじゃない!!　ルナが勝手に付いてきたのが悪いし!!　しかも降りた場所が中型魔獣の背中だし……ホンット、ついてない」

何かマジっぽいな。もしかして本当に女神なのかな……いや、まぁいい。

「お前の話を整理すると、お前が至高神のお社の果実を盗んだ、それで至高神に怒られて罰として人間に受肉して一生を終えろと、そんで人間に受肉する魔法を使ったらルナが巻き込まれて、ルナは赤ちゃんに、お前は俺と同い年くらいの年齢になった、それで人間界に降りた場所が中型魔獣の背中で、そこで俺に会って今に至る……って感じか」

「そう!!　その通り!!」

嘘だろ……いやマジで。人間としての一生が罰ってのもよくわからん。

「というか、なんで果実を盗んだんだよ」

「そりゃ至高の果実は神界でも滅多に味わえない極上の果実。甘いモノ好きの私がずっと狙ってたモノで、ようやくチャンスが来たと思ったらアイツに邪魔されて」

「……なるほどね。つまりお前の食い意地が原因か」

「……ぐ、否定できないわね」

「それで？　人間として死ぬとどうなるんだ」

「神界に帰れるわ。でも、天寿を全うしないとすぐに戻されちゃうのよ。だから自分で死んだりできないの」

信じるか信じないかはともかく、事情はわかった……要はコイツの自業自得だな。

「さ、次はあんたの番よ」

「ああ、聞いてもつまんないからな」

俺はここに来る経緯を説明した。

「ふーん、あんたも苦労してんのね」

「……ホントにそう思ってんのか？」

アテナはルナを揺らしながら答えた。ルナはキャッキャしながら楽しそうに笑ってる。

「で、どうする？　行くところがないならここに住むか？」

「……何、あんたもしかして、女に飢《う》えてるの？　言っとくけど私はあんたに身体を許したりしないからね」

「じゃあいいわ、さよなら」

「……」

「ま、まぁ物件としてはいいわね。広さも申し分ないし、部屋は余ってる？」

「わ、わかったわよ。謝りまーす、ごめんなさーい」

顔は可愛いけど性格は最悪だ。ヘンなこと言わなきゃ良かった。

でもまぁ、行く場所なんてなさそうだし、マリウス領からは出られない。いくらコイツが強くても、二人で生きていくのは辛いだろう。

「子供部屋は空いてるから、そこを使ってもいい。その代わり、仕事はしてもらうけどな」

「仕事って？」

「……まだわからん。だけど、仕事をしないと食べられない、生きていけない」

「確かに、人間って燃費悪いわ。一日に三食も食べなくちゃいけないしねー」

「そういうことだ。それに、俺にはやることがある。力を付けないといけない」

「あー、復讐ね。それに関しては私も手伝ってあげる」

「……は？」

　ワケわからん。

　なんだよ急に。

「あのね、私は『戦いと断罪』を司るのよ？　あんたの話が真実なら、裁くべき人間がいるってことでしょ」

「そうだけど……」

「それは女神である私の仕事でもあるわ。あんたの復讐という名の断罪、私が手伝ってあげる」

「そ、そりゃどうも」

「ふふん。任せなさい」

　ぐいっとアテナは胸を張る。女神だからか、プロポーションも抜群だ。

　こいつの理屈は知らないけど、手伝ってくれるなら利用してやる。

「こっちにはルナもいるしね。案外早くケリが付くんじゃない？」

「ルナ？　ルナが関係あるのか？」

「もちろん、だってルナは『愛と幸運の女神』だもん。一緒にいるだけで幸運が訪れるわよ」

「……そりゃありがたいな。頼りにするぜ」

「ええ。そうしなさい」

　とりあえず、話はこんなところか。

　まぁ、正直なところ一人じゃ寂しかったし、同居人が増えるのはありがたい。

「さて、それじゃあ……改めてよろしくな」

「ええ、よろしくね」

こうして、集落に来て一日で同居人ができた。

女神であるアテナとルナ。

見た目は同世代の少女と赤ちゃんだけど、気兼ねなく話せるのはありがたい。

「さて、これからどうする？」

「まずは集落で仕事を探そう。明日食べるモノもないし、お前のことを集落の人に紹介しないとな」

「えー、別にいいわよ。面倒だし」

「そういうわけにいくか。行くぞ」

まずは集落のことを知らないと。名目上は領主だし、人々の暮らしを知りたいと思ってる。

と、俺はアテナに思ったことを聞いてみた。

「そういえば、アイツアイツ言ってたけど……アイツって誰だ？」

「私の知り合いよ。アイツも一緒に落とされたけど、どこに行ったかはわかんない」

「じゃあ、地上に降りたのは三人か」

「ええ。でも、アイツが歩き回るとマズいかも。本人もわかってるけど、どうしようもないのよ」

「なんだよ、そんなにヤバいのか？」

「うん、まぁね。アイツが司る属性が、人間にとっては厄介なのよね」

アテナは面倒くさそうに言った。

「『貧困と不幸の女神アラクシュミー』っていう猫かぶり女よ。おとなしくしてればいいけど」

あまり好きではないのか、アテナはそれだけしか言わなかった。

女神だのなんだのは全て置いて、まずはアテナを紹介するためにジガンさんの元へ。

ルナはアテナが抱っこ。今はスヤスヤと眠ってる。

「ねーアロー、ルナの抱っこ代わってよー」

「あのな、お前が保護者だろうが。しっかり面倒見ろよ」

「えー、だってさ、ルナはあんたに懐いてるわよ？　ほら」

いつの間にルナは起きたのか、俺に向かって手を伸ばしてる。

俺は仕方なく手を伸ばし、ルナのちっちゃな手に触れた。

「きゃっきゃっ」

不思議と癒《い》やされる。俺はルナの手を握り、優しくほっぺをプニプニして遊ぶ。

「ほ～ら、どう見ても私よりあんたに懐いてるじゃない。はいどうぞ」

「お、おい!?　ったく……」

ルナを抱っこし、仕方なくそのまま歩き出す。まさか集落に来て早々、赤ちゃんを抱っこして歩くことになるとは。しかも連れは女神とか言ってる妙な女の子だし、人生どうなるかわからんな。

「ねぇアロー、さっきのオオトカゲってさ、食べれないかなぁ？」

「……知らん。それに、もう他の魔獣たちのエサになってると思うぞ」

「そっかー、残念ねぇ。まぁまた狩ればいっか」

ジガンさんの家に到着し、俺はドアをノックする。すると、ローザさんが出迎えてくれた。

「はーい、って……」

「こんにちは。その……ジガンさんいますか？」

「ふふ、可愛い赤ちゃんねぇ。アローくん、奥さんがいたのかしら？」

「断じて違います。その辺も説明したいんで、その」

「はいはい、どうぞ」

ローザさんは苦笑しながら入れてくれた。

どうも勘違いされてる気がするが、とりあえずジガンさんにこれからのこと、それとアテナたちのことを説明しないと。

するとジガンさんはレナちゃんに文字の書き方を教えていた。

「あ、おにーちゃんだ」

「……」

ジガンさんは無言で俺を見つめた。その気持ちはわかります。俺だってワケわかんないんです。

「……説明しろ」

「はい……」

「ふぁ……ねぇアロー、話が終わったら狩りに出かけない？　でっかい大型魔獣を狩って食べましょうよ!!」

「お前ちょっと黙ってろ」

俺はアテナを黙らせ、ジガンさんに、アテナとの出会いを説明した。

女神云々《うんぬん》は置いて、とりあえず迷子ということにして、俺の家で保護したということにする。

そして、これからのことを話した。

「ジガンさん、俺は復讐を忘れません。だけど……まずは、このマリウス領で生活します。生きて力を付けて、いつかセーレ領を取り返したい」

「そうか……それがお前の答えならそれでいい。では、まずは何から始める？」

全く思い浮かばない。生きるためには食べなくちゃいけない。なら……ジガンさんみたいに狩りをするか、それとも家の前の畑でも耕すか。

「はいはいはーいっ!!　私は狩りをしまーすっ!!　か弱い乙女だけどメッチャ強いからっ!!」

「お前な……いや待てよ？」

アテナは確かに強い。中型魔獣を一撃で倒したし、あれより小さい魔獣なら簡単に狩れるかも。

俺が家の畑を耕すのもアリか。農業の知識はあるし、種や苗があれば育てることはできる。

「確かに、アテナが狩りをするのはアリかも」

「でしょ？　ふふふ、私に任せなさい。デッカい獲物を狩ってやるから」

「……アロー、この子は強いのか？」

「はい。それは間違いないです。中型魔獣を一人で倒したのを見ました」

「むっふっふーん」

「むぅ……お前が嘘をつく人間じゃないのはわかるが……」

「何よオッサン、信じてないの？」

「おいこら、俺の恩人をオッサンって言うな!!」

結論。俺が畑を耕し、アテナが狩りをすることになった。

アテナの実力が未知数ということで、明日ジガンさんと狩りに出かけることになり、今日はゴン爺に挨拶へ行くことに。俺はローザさんに、ルナの離乳食の作り方を習うので同行はしない。

「いい、オムツは清潔にして。布の巻き方を教えるから、しっかりね」

「は、はい」

「それと、離乳食はバランスを考えて。しばらくは食材を分けてあげるけど、ちゃんと自分で調理しなさい。いいわね」

「わ、わかりました」

「ふふ……集落に来たばかりなのに、大変ね」

アテナたちが帰ってくるまで、ローザさんの授業は続いた。

「たっだいま〜っ!!　ねぇ聞いてアロー、あの爺さんからこれ貰った!!」

「ん、おい、それって……剣か？」

「ああ。ゴン爺が彼女を気に入ってな、若い頃使っていた剣を譲ったんだ」

「むっふっふ。アローの剣と似てるけど、こっちのが業物ね。明日が楽しみだわ!!」

アテナの手には一本の剣があった。俺の持っている剣と似てるけど、確かに刀身の輝きが違う気が……いや、わからん。

アテナはうっとりと剣を見つめ、鞘に戻した。

「さてアローくん、アテナちゃん。今日は夕飯を食べていきなさい」

「え、でも」

「いいの!?　やったぁっ!!」

「お前な、少しは遠慮しろよ」

「気にするな。多い方が楽しい。それにレナもお前に懐いてるしな」

ちなみに、ルナとレナちゃんはお昼寝中。せっかくだし、ご馳走《ちそう》になるか。

「アローくん、明日から畑仕事をするのかい？」

「はい。外の倉庫に農具も入ってたので」

「じゃあ、種を少し分けてあげるわ。しっかりね」

「……本当に、ありがとうございます」

ローザさんには頭が上がらないな。ここまでいろいろしてくれるなんて。

俺もできる限り助けになろう。俺の力なんてたかが知れてるけど、それでも恩は返さないと。

頑張ろう。このマリウス領で……生きていくんだ。


翌日。アテナとジガンさんは朝早く狩りに出かけた。

俺はルナのオシメを替え、朝ご飯を食べさせる。

そして、さっそく畑に手を付ける。そのためにまずは倉庫から道具を引っ張り出した。

「さーて、ルナはこっちな。よーしよし」

「あぅ～」

家の前の屋根の下に、ジガンさんから貰ったベビーベッドを置く。少し前までレナちゃんが使っていた物で、破損もガタもなくしっかりしてる。これなら問題ないだろう。

俺はクワなどの道具をチェックし、畑の状況を見る。

ジガンさん曰く、前に住んでた家族が耕した畑なので、地面に岩や石が埋まってることはないそうだ。このままクワを入れても問題はない。山育ちだし体力には自信があるし、これからのために身体を鍛える意味でも畑仕事は必要だ。

斧《おの》もあるし薪《まき》割りもできる。今は働きつつ身体を鍛えよう。

「ルナ、俺……頑張るからな」

「あぅ？」

さっそく畑仕事を始めるか。上着を脱ぎ捨て、シャツ一枚で頭に手拭いを巻く。

「……そういえば、リューネに言われたたっけ」

山仕事が似合いそうな貴族……あの時は笑ってたな。

まぁとにかく畑だ。広さはかなりあるし、今日一日で終わるとは思えない。でもまずは耕さないとな。全ての始まりの一歩だ。

「よーし、行くぞっ!!　ん……あれ？」

振り下ろしたクワは土に刺さらなかった。何か硬い物にぶつかり、俺の手を痺《しび》れさせた。

「いてて……なんだよこれ」

俺は痺れた手を押さえ、埋まってる物の正体を確かめるためスコップに持ち換える。クワの感触からして石のような硬さだった。

振り下ろした先に石があるとは。しかも最初の一振りからなんてついてない。

「これか……ったくイッテーなぁ」

握り拳よりやや大きい塊だった。色は黒くキラキラしてる。どうも普通の石には見えないな。

「まぁいいや、とにかく仕事仕事」

石を放り投げ再度クワを持つ。場所を変えて再度クワを振り下ろすと、またもや硬い感触が。

まさかと思いスコップに持ち換えると、今度は白っぽい石が出てきた。

「おいおい、元は畑だったんだろ……なんでこんなに石が埋まってるんだよ」

俺はイヤな予感がして何カ所もクワを振り下ろしたが、どこも似たような感じだった。

黒っぽいキラキラした石から始まり、青っぽい石や白っぽい石、挙げ句の果てには金属の塊も出てきた。どうやらここは岩石地帯で、畑には適さない土地らしい。

「……マジかよ」

結局、半日費やして岩拾いになってしまった。

俺が掘り出した石や岩は、家の脇にある木箱の中に全部入れた。

「はぁ……最初からこれか。先が不安だぜ……」

「う、ぅぅ……うぁぁ～んっ!!」

「おっと、どうしたルナ。ちょっと待ってろよ」

「あぁぁぁ～んっ!!」

どうやらオシメらしい。俺は川で手を洗い、清潔な手拭いでルナのオシメを替える。

それと同時に、お昼が近いのでルナのご飯と俺の昼を作り、ルナをあやしつつ食べさせた。

「ほ～ら、もぐもぐ」

「あぅあ、あぅ～」

「よーしいい子だ。よ～しよ～し」

「ふぁぁ……」

ルナを抱っこして撫でると、お腹いっぱいなのかすぐにボンヤリとする。

ベビーベッドに寝かせてレナちゃんから貰った人形を添えると、ぐっすり眠ってしまった。

この子が『愛と幸運の女神フォルトゥーナ』なんて、未だに信じられん。

「さーて、もう一踏ん張り」

俺は再度頭に手拭いを巻き、畑に向かった。


お昼が終わり休憩も終わった頃、アテナたちが帰ってきた。

「たっだいま〜っ!!」

「おう、おかえ……って、なんだそりゃ!?」

「どーよ、スゴいっしょ!!」

アテナは、台車を引いて帰ってきた。しかも台車には肉がこんもりと載っている。

どう見ても大物を仕留めたようにしか見えない。すると、ジガンさんが現れた。

「アロー……この子は何者だ？」

その声には、驚愕《きょうがく》と困惑が表れていた。まぁなんとなく想像は付く。

「……一人で中型魔獣の群れに突っ込み全て斬り伏せるとは。この子はまるで戦神のようだった」

「失礼ね!!　私は女神だっての!!」

「ま、まぁとにかくお疲れ様です。ジガンさん」

「ああ。見ての通り大漁だからな。肉の燻製《くんせい》の作り方はわかるか？」

「はい。ウッドチップで燻《いぶ》すんですよね」

「ああ、量もあるし手伝おう。ウチの分はローザに任せてるから心配するな」

「ありがとうございます」

「ちょっとアロー、畑はどうしたのよ。全然進んでないじゃない!!」

「仕方ないだろ。この畑、やけに石や岩が多くて、掘り出すだけで一日かかったんだよ……」

仕方ないとはいえ罪悪感はある。張り切ってたのに全然進んでないもんな。

「ん？　……おかしいな。そんなことはないハズだが」

「え、でも……こんだけの石が埋まってましたよ？」

俺が石の詰まった木箱をジガンさんに見せると、ジガンさんの顔が驚愕に変わった。

「アロー、これはこの畑からか？」

「え？　はい……」

「……待ってろ」

それだけ言うと、ジガンさんは行ってしまった。

俺とアテナは顔を見合わせ、とりあえず燻製を作る準備をする。

「ねぇ、ルナは？」

「寝てる。可愛いもんだな」

「でしょ～？　赤ん坊だから女神の記憶はないけど、ルナはとってもいい子なんだから。いっつも
私の後をくっついて……まぁそれでこんなことになっちゃったんだけどね」

「完全にお前のとばっちりだよな」

「う、うっさいわね。反省してるわよ!!　でも悪いのは私だけじゃなくてアラクシュミー……アミーも悪いんだから!!」

「はいはい、そのアミーとかいうヤツはどこかにいるんだよな？」

「ま、どっかで生きてるでしょ」

あんまり興味なさそうだ。仲が悪いのかな。

薪に火を付けて小屋にあった古い鍋に木の枝を入れて火に掛ける。肉を吊《つる》して煙で燻せるように、小屋にあった廃材で肉を吊せる枠を適当に組み立て、周囲を古い床敷で囲む。簡易的だがこれで完成だ。

「よし。今日は奮発して肉を焼こう。アテナの狩り成功を祝ってな」

「お、いいわね～」

盛り上がっていると、ジガンさんが帰ってきた……ドンガンさんを連れて。

「ドンガン、コイツだ」

「ったく、なんだよジガン。ワシは忙し……」

ジガンさんたちは、俺が集めた岩の前に。すると、面白いように顔色が変わる。なんだよ一体。

「……おいアロー、コイツをどこで？」

「え？　いや、畑を耕そうとしたら、いっぱい出てきたんで……」

「マジか……おい、ラゴス一家はこのこと……」

「知ってたのか知らないのか、死んでしまった今となってはわからん。だが、これはとんでもない発見だな」

「ああ。驚けよアロー、こいつはとんでもないぞ」

「は、はぁ……？」

「どーしたのよ、一体？」

俺とアテナは再度顔を見合わせる。するとドンガンさんが少し興奮したように言う。

「コイツは鉱石だ。黒いのがダマスカス、青いのがミスリル、おいおい……この金属はレアメタルじゃねーか!?　がっはっはっ!!　こりゃスゲぇぞ!!」

「ええと、まだまだ出てきますよ？　それこそこの辺り一帯がそうなんじゃゃ……」

「うーむ、どうやら畑は偽装だったようだな。この地面の下は鉱石層みたいだ」

「ああ、ゴン爺に報告しようぜ。こりゃ面白くなってきたぜ」

「すまんなアロー、燻製は任せるぞ」

そう言ってジガンさんとドンガンさんは行ってしまった。どうやら、この石や岩は鉱石らしい。

「ふふ、どうやらさっそく来たみたいね」

「は？　何がだよ？」

「決まってるじゃない、ルナの幸運を呼ぶ力よ!!」

この時はまだ知らなかったが、これは始まりに過ぎなかった。

燻製がいい感じに仕上がる頃、俺はもう何箱目になるかわからないほどの木箱を抱えていた。

出るわ出るわ……これが全部、鉱石なのか。なんで土の下から出てくるかわからんが、ここは畑としては全く使えない。やれやれ。

「ねぇルナ、やっぱりあんたは幸運の女神ね」

「にゃは～」

「ふふ、いい子いい子」

「おい……ルナもいいけど少しは手伝えよ」

「えぇ～、今日は疲れたわよ、水浴びしたーい」

「家の裏の川でしろよ。その前に、少しはこっちの手伝いしろっての」

「あんたね……か弱い女神の私に、石運びなんてさせるつもり？」

「か弱いヤツは中型魔獣を一撃で倒したりしないっつーの」

アテナはしぶしぶ手伝い始めた。とりあえず、掘り出した鉱石は家の隅に置いておく。

貴重な鉱石らしいから、これからの作業の足しになるかもしれないからな。

「なぁ、ルナって……」

「ふっふっふ。これがルナの幸運の力よ。私が戦いと断罪を司るように、この子は愛と幸運を司るの。アローはルナに好かれてるみたいだし、きっとこれからたくさんの幸運が訪れるわよ!!」

「へぇ～……まだ実感がわかないな。だっていくら石が出てこようが身体はヘトヘトだ。これが幸運ってんなら割に合わない」

「ま、幸運はまだ始まったばかりよ。期待してなさい」

「はいはい……お、戻ってきた」

ジガンさん、ドンガンさん、そしてゴン爺がやってきた。

ゴン爺は箱に放り込まれた鉱石を見て、ひたすら眉をひそめていた。

「うぅむ、まさか……」

「ああ。これで鉱石不足が一気に解決だ。武器も新調できるし、農具や家屋の補強もできる……カッカッカ!!　こりゃ忙しくなるぜ!!」

「うむ。だがラゴス一家は何故にこのことを……」

「……真相は不明だな。家族は全員魔獣にやられたからな。聞き出そうにもどうしようもない」

「まぁいい。アローよ、この鉱石だが」

「ええと、よくわかりませんがどうぞ。まだまだ出てきますんで、採掘は続けます」

「頼む。これだけの貴重な鉱石……この集落だけでなく、取引にも使えるかもしれんのぅ」

「ゴン爺、それは……」

「うむ。ワシらも取引に乗り出す時が来たかもしれん」

何を言ってるのかわからんが、とにかく俺は採掘作業に取りかかろう。

大人三人が難しい話をしてるのを尻目に、俺はひたすら鉱石を掘り出し木箱に入れる。

「はぁ……キリがない。なぁアテナ、これもルナのおかげなのか?」

「そーよ。この子は幸運を引き寄せる性質があるの。神である私に恩恵はないけど、人間であるあんたには効果バツグンよ。残りの人生、ハッピーが約束されたようなもんね」

アテナはともかくルナは可愛い。癒やされる。無邪気な笑顔が、俺の心を癒やしてくれる。

「アロー、いいか?」

「あ、はい。ジガンさん」

俺はジガンさんたちの元へ。何やら難しい話をしてたけど。

「明日からこの土地一帯で採掘しようと思う。お前も手伝ってくれ」

「もちろん、でも……これは数日じゃ終わらないと思いますよ？」

「わかってる。ドンガンだけでは鍛冶の手が足りんし、採掘にも人数がいる。そこで……ここから最も近い集落に、応援を要請することになった」

「応援……でも、交流はないんじゃ？」

「そう、今まではなかったが……交流の時が来た」

「おぉ……」

「そこで、お前を使者として送りたい。もちろん護衛と案内は」

「はいはーいっ!!　私が行くっ!!　私とアローとルナで行きまーっす!!」

いきなりのアテナに、俺もジガンさんも驚いた。

「おいアテナ」

「何よ。私の強さは知ってるでしょ？　この集落の誰より強いわよ。なんなら……試す？」

ジガンさんに向けて、強烈な笑みを浮かべる。

流石に俺もビビった。それくらいアテナから何かを感じた。

「……いや、止めておこう。それに言われずとも、キミを護衛にするつもりだ」

「いやっふーッ!!」

こいつ調子乗りすぎだろ……いつか痛い目に遭いそうだ。

「あの、俺でいいんですか……？」

「ああ。不思議だが……お前じゃないといけない気がしてな。これはゴン爺とドンガンも同意した。

それに、お前はマリウス領の領主だろう？」

「あ……」

冗談だろうか。でも……ジガンさんは笑ってる。

これは期待だ。きっと俺に重要な役目を任せてくれようとしてる。

「食料と地図はこちらで用意する。アロー、頼んだぞ」

「……はい!!」

こうして俺は、集落の代表として近隣の集落へ向かうことになった。

護衛はアテナ。ルナは連れていくのは難しいと感じたが……アテナがどうしても連れていくと譲らなかったことと、俺から離れると大泣きするという理由から連れていくことになった。

ここから最も近い集落まで徒歩で九日ほど。川沿いを伝って進むルートだ。

「魔獣なら、私がいるから平気よ」

「はいはい。頼りにしてるよ女神さま」

「あぅあ～」

食料や旅の必需品を用意してもらい、旅の心得などもジガンさんから習う。

そして数日後。いよいよ出発の日。ジガンさんが見送りに来た。

「アロー、この書状を持っていけ。向こうの集落の長に見せろ」

「わかりました」

「……気を付けて行け、アロー」

「ジガンさん……行ってきます」

ジガンさんに見送られ、俺たちは出発した。
このマリウス領地の領主としての初仕事だ。絶対に成功させてみせるぞ。

閑話　サリヴァンの出会い

サリヴァンは、セーレ領主の屋敷で、執務を行っていた。

やることはいくらでもある。アスモデウス領から信頼の置ける採掘業者の手配、セーレ領の鉱山位置の把握、採掘のための資金繰りなど、手を付けられる場所から順に手を出す。

「……ふぅ。忙しいな」

「はい、サリヴァン様」

そう答えたのは、アスモデウス本家から連れてきた、サリヴァンの執事。

かつての執事や使用人は、スパイ疑惑がある前当主の使用人ということで全員をクビにし、屋敷の使用人は全てアスモデウス本家から連れてきた。

サリヴァンが一時的に赴任してから、ハオの町は混乱した。前領主であるアローを慕う者はスパイ容疑など信じなかったし、アスモデウス家を不満に思う者も確かにいた。

だが、それらを無視してサリヴァンは鉱山開発を優先した。サリヴァンの目的はあくまで鉱山。

それ以外のことは、後にここを任せる者に引き継げばいいと考えてる。

「ここでの作業が終わり次第、一度アスモデウス領へ帰還する。その後、採掘業者と打ち合わせをしたら、本格的に採掘業務を始めよう」

「はい。サリヴァン様」

「くくく……アスモデウスはまだまだ発展する。このサリヴァン・アスモデウスの手によってな」

アスモデウスは、鉱業では七十二の地域でトップクラス。サリヴァンの読みでは、宝石の原石だけでなく、武器や防具に使われる銅や鉄鉱石などの採掘も視野に入れている。

それこそ、アスモデウス領とは比較にならないほど、このセーレ領は鉱石の産地と言えた。

サリヴァンはアローに感謝した。面白いくらいサリヴァンを信じ、その手の上で踊ってくれた。

命を奪わなかったのは、本当にただの気まぐれだ。マリウス領に送ったアローがサリヴァンの命を脅かすのは不可能だ。それに、魔境と言われてるマリウス領でアローが生き抜く可能性はゼロに等しい。

数日の執務を終え、サリヴァンは一度、アスモデウスに帰還していた。

執務の疲れもあり、道中の馬車はゆっくりと進む。

「ふぅ……」

気分転換に外を眺める。帰ったら愛人たちを可愛がりご機嫌を取ろうとサリヴァンは考える。

愛人たちは、サリヴァンのストレス発散のために欠かせない。何故なら、溜《た》まった欲を吐き出す捌《は》け口として、女というのは最適な存在とサリヴァンは考えているからだ。

だからこそ、美しい女には価値があると考える。磨けば光る女は、サリヴァンの中では宝物だ。

だから、これからも出会いがあれば、サリヴァンは女を愛人にする。それだけの権力や金はあるし、これからいくらでも手に入る。

いずれは権力を更に拡大し、四大貴族のトップに立つ。

サリヴァンは、楽しくて仕方なかった。

「ふふふ……ん？」

すると、馬車が停止した。休憩はしたばかりだし、停まるのはおかしい。

不審に思い窓を開けると、一人の護衛の傭兵がサリヴァンへ報告した。

「申し訳ありません、どうやら……行き倒れのようです」

「ふむ、珍しいな。こんな街道の真ん中でか？」

「は、はい。どうやら若い女のようで……」

「……どれ、見せてみろ」

サリヴァンは馬車から降りて、傭兵たちが包囲してる女性の元へ向かう。

その姿は薄汚いローブを着て、顔は隠れていた。

「どれ、顔を見せてみろ」

もしかしたら、サリヴァンを狙う暗殺者の可能性もある。傭兵に指示し、顔を覆う布を外した。

「……ほぉ、これは」

「……う」

女性は、多少の汚れこそあるが美しかった。

ウェーブの掛かった長い黒髪に、整った輪郭と容姿、苦しそうに呻《うめ》く姿がなんともそそられた。

野暮ったいローブを外すと、その下は薄い布しか身に着けていない。

「ふむ……武器は持っていたか？」

「い、いえ、それらしき物はありませんでした」

「全て確認したのか？」

視線は、ボロ切れのような服に向く。だが、傭兵は首を振った。

「確認しろ」

有無を言わさぬ一言で、女性の布が外される。乳房が零《こぼ》れ、下半身が露《あら》わになる。

「どうやら暗殺者ではなさそうだ。私の馬車へ運べ」

「よ、よろしいのですか？」

「ああ、話を聞こう。何故このような場所で、このような姿なのかをな」

女性は馬車へ運ばれ、身体を清めベッドへ寝かせる。女性はすぐに目覚め、周囲を見渡す。

「起きたか。気分はどうだ？」

「え……あれ？　ここは？　ふわっ!?」

「おっとすまない。悪気はないんだ、勘弁してくれ」

女性は裸体にシーツのみを掛けた状態だったので、起き上がったと同時にシーツがパラリと落ちた。顔を赤くしつつ、女性はサリヴァンを見た。

「み……見ました？」

「あ、ああ。すまない、着てた布はボロボロだったし、とりあえず身体を清めて、近くの町で服を買おうと思って……」

「あ、その……す、すみません。助けてもらったのに」

「いや、気にしないでくれ。嫁入り前の女性の身体を……」

「いえ、いいんです。その……助けていただき、ありがとうございます」

女性はシーツを被ったまま、にこりと微笑んだ。サリヴァンは苦笑し、さっそく事情を聞く。

「ところで、どうしてあんな場所で行き倒れていたんだい？」

「わかりません。その……何も覚えてないんです。どうして倒れていたのか、どこから来たとか」

「……そんなバカな。じゃあ名前は？」

女性は少し考え、思い出したように言った。

「名前……アミーです」

これが、サリヴァンとアミーの出会いだった。

アミーを連れ、サリヴァンの馬車はアスモデウス領へ帰還した。

途中、道を外れて寄った村で服を購入し、しきりに頭を下げるアミーに着せる。

サリヴァンは、アミーを娶《めと》るつもりだった。記憶も身元もわからず、自分の名前しか覚えてない。

しかしアミーは美しく、どの愛人にもない何かを感じさせた。

馬車はアスモデウス本家に到着した。アミーを促し馬車を降りると、新しく愛人となったリューネとレイア、そしてメイドのモエが出迎えてくれた。

「おかえりなさいサリー、会いたかった……」

「ただいまリューネ、レイア」

「おかえりなさい……そちらの方は？」

リューネとレイアの視線はアミーへ。

サリヴァンに寄り添う美しい女性の姿に、二人は嫉妬《しっと》を覚えた。

「ああ、彼女はアミー。記憶を失い行き倒れていたところを保護したんだ。しばらく本家で静養させてあげようと思ってね」

「ふぅん……」

「記憶を、ですか」

もちろん、記憶が戻っても戻らなくても、サリヴァンの愛人として娶るだけだ。

「モエ、彼女に部屋と湯を用意してやってくれ。それと着替えを」

「畏《かしこ》まりました。それではアミー様、お部屋へご案内します」

「お、お願いします」

モエはアミーを連れて屋敷へ。その後ろ姿を見送り、リューネたちはサリヴァンへじゃれつく。

「ねぇサリー、疲れてるでしょ？　マッサージしてあげる」

「皆さんお待ちです。ですから……」

「……仕方ない、世話になるよ」

三人は、愛人たちの待つ専用大浴場へ向かった。


モエは、アスモデウス本家に建つ、サリヴァンの愛人用の館へアミーを連れていく。

何も言われなかったが、ここで間違いないとモエは確信していた。

キョロキョロと部屋を眺めるアミーにお茶を淹《い》れ、モエは風呂の支度をした。

「ふぅん……」

値踏みするような、そんな声。少し不審に思ったが、モエは入浴の支度を済ませ部屋へ。

「アミー様、入浴の準備が……あ、アミー様？」

アミーは、ゆっくりとモエに近づき、その瞳を覗《のぞ》き込んだ。

何故かモエは抵抗できず、アミーの瞳に魅入られる。

「……貴女《あなた》、いい顔と目をしてるわね」

「……え」

アミーは、妖艶《ようえん》な表情を浮かべた。

「絶望、虚無……それと、諦め。ふふふ、大事な人を殺しでもしたのかしら？」

「っ!?」

「貴女の気持ち、よくわかる……ふふ。美味しそうね」

「ヒッ!?」

アミーは、モエの首筋をペロリと舐《な》める。まるで別人のような雰囲気に、モエは恐怖を覚えた。

だが、身体が動かない。足が竦《すく》み、されるがままになっている。

「貴女が望むのは罰？　それとも……死？」

「い、いや……」

「ふふ、可愛いわね……冗談よ」

解放されたモエは、床にへたり込む。アミーは微笑み、少女のような表情を浮かべた。

「いい館ね。お腹いっぱい食べられそう」

「え……？」

「これから世話になるわ。それと、いいこと教えてあげる」

へたり込むモエの傍にしゃがみ、アミーは言った。

「アスモデウス家は長くないわ」

そう言ってアミーは浴場へ。モエは立ち上がり、アミーの後へ続いた。

世話を任された以上、一人で入浴させるわけにもいかないし、今の発言も気になったのだ。

もしかしたら彼女は、アスモデウス家を崩壊させるためのスパイの可能性もある。

脱衣場には脱ぎ散らかされた衣服があり、浴室からはすでにシャワーの水音と鼻歌が聞こえてきた。

「失礼します。アミー様」

「あら、貴女も入る？」

「い、いえ。お身体と髪を」

「あぁ、じゃあよろしくね」

最後まで言い切ることなく、アミーは了承する。アミーの肢体を清め、髪を洗う。

くすぐったそうに笑うアミーは、先ほどとはまるで別人だ。

「私のこと……気になる？」

「はい」

当然だ。最初のしおらしい態度は、猫を被っていたということだ。

恐らくは、サリヴァンに近づくスパイか、それとも暗殺者か。

「ふふ、別にアスモデウス家に……というか、人間に興味はないわ。私はただお腹が空《す》いただけだし、満たされたら出ていくから」

「……つまり、自分はスパイや暗殺者ではないと？」

「当然よ。私に人を殺すなんてできないわ」

モエは意味が理解できなかった。アミーの真意が読めず、身体を磨く手を止めていた。

「心配しないで。何もしないから……それと、もしもの時は私が連れていってあげる」

「え……連れていく？」

「ええ。貴女は可愛いし、私のお世話係にピッタリだしね」

「は、はぁ……」

「いい？　これは私と貴女の秘密。私の本性は、貴女しか知らない。いいわね」

「……はい」

モエは頷いた。アミーという女性が、このアスモデウス家にとって、災いとなる予感がした。

だが、モエはそれを受け入れた。

このアミーの言葉が真実なら、アスモデウス家は崩壊する。そしてそれが、大事な人を失ったモエにとっての復讐にもなる。

アローの無念を晴らす。自分がしたことを棚に上げ、身勝手な復讐をする。

モエは、この屋敷に来て初めて微笑んだ。


アミーが屋敷に来て二週間ほど経過した。

サリヴァンは、執事から受け取った報告書を読み、ため息をつく。

「落盤による鉱山の閉鎖が九カ所、魔獣の出現による閉鎖が五カ所。この二週間でアスモデウス領の鉱山は十四カ所が閉鎖に追い込まれました……」

「……そうか。わかった、下がれ」

サリヴァンは、頭を抱えていた。

アスモデウス領に存在する鉱山は八十二カ所。そのうち十四カ所がいきなり閉鎖に追い込まれたのである。今まで鉱山を掘り進め、魔獣なんて出たことがなかったのに、突如として『ブラックモール』というモグラの中型魔獣が群れでやってきたのだ。

「……全く、ついてないな」

頭を抱えたが、どうにかなるものではない。それに鉱山のアテはセーレ領にもある。ここで気落ちしても仕方ないと頭を切り替え、サリヴァンは執務を再開した。

「失礼します!! さ、サリヴァン様!!」

「どうした、騒々《そうぞう》しい」

「も、申し訳ありません!! 実は……」

息を切らせて入ってきたのは、サリヴァン付きの文官だった。

この慌て方は碌《ろく》なことじゃないと、サリヴァンは心の中でため息をつく。

「先ほど入った連絡ですが……セーレ領で反乱が起きました!! 前領主アローを出せと、町ぐるみで暴動が起き、常駐の兵士たちは捕らえられ、領主代行のレノバンが……殺されました」

「なんだと!?」

その報告は、サリヴァンの予想をはるかに超えていた。

セーレ領ハオの町には、サリヴァンが派遣した採掘業者も数多く常駐している。

「採掘業者はどうなった!!」

「それが……発掘先の鉱山で魔獣が発生したようで、何人かが犠牲に。それに併せて暴動が発生したので、採掘業者は一斉にアスモデウス領に帰還しました……」

「バカな……」

暴動。そして魔獣の出現。こんな偶然がいくつも重なり、サリヴァンにとって事態は悪い方向に流れていく。まるでアローが残した呪いのようにサリヴァンは感じた
「……仕方ない。アスモデウス領から兵を派遣して事態を沈静化させろ。そしてそのまま鉱山の魔獣を討伐させる」

「は、発掘業者は如何いたしましょう？」

「……これも仕方ない。民間の業者を対象に入札を行え。優先すべき発掘だ、費用が掛かるのは仕方ないが……先行投資と思えば良い」

「か、畏まりました」

文官は急ぎ部屋を後にした。

アスモデウス本家が抱える発掘業者と、民間の発掘業者では払う金額は全く違う。予想外の事態が続くことに、サリヴァンは頭を抱えた。

「……本当に、ついてない」

サリヴァンの不幸は、始まったばかりだ。


アスモデウス本邸、サリヴァンの館にて。

「ねぇアミー、昨日見たお芝居のことなんだけど」

「はい!!　すごくステキでした。まさかピュエル伯爵とリエラ侯爵婦人が愛し合っていたなんて……」

「ふふ、アミーもだいぶ馴染んできましたね」

「そ、そうでしょうか……」

今日のお茶会は珍しく三人だけ。リューネとレイアとアミー、そして給仕のモエだけだ。

彼女たちは宝石やアクセサリーの新作の話をしたり、昨日見たお芝居について熱く語っていた。

「ねぇアミー……まだ思い出せないの？」

「すみません、さっぱりで……」

「いいんです。焦らずゆっくり思い出せば」

「リューネ様、レイア様……ありがとうございます」

リューネとレイアは、人懐っこいアミーを可愛がり、時間があればショッピングやお茶会に誘ったり、お芝居や演奏会に連れ出した。

他の愛人たちは、貴婦人らしくないアミーの性格を疎ましく思い始め、同じ平民出身のリューネとレイアたちも仲間外れにするようになっていった。

いつの間にか、愛人たちの中でも差別化が始まり、誰がサリヴァンに一番愛されているかなどで、よくケンカするようになっていた。

「はぁ、サリーってば最近忙しいみたいで愛してくれないのよね」

「仕方ないです。サリーはアスモデウス本家の当主ですから。忙しくて当たり前です」

そんな話を聞きながら、モエは紅茶のおかわりを淹れる。

サリヴァンが当主になったことにより、愛人たちが産んだ子供の中で、誰が後継者になるかでも揉《も》めることが多くなっていった。表面では仲の良い愛人仲間として振る舞っている。だがリューネとレイアもサリヴァンとの子供を欲しがっている。そのことをモエは理解していた。

「……」

気持ち悪い。モエはそう感じた。

リューネとレイアの姿は変わった。厚く塗られた化粧、身体を彩る宝石やアクセサリー、煌《きら》びやかなドレス。最近は美味しい物を食べているせいか、身体つきがふっくらしてる。

セーレ領でアローと過ごしていた健康的な少女の姿は微塵《みじん》もない。そこにいたのはアスモデウス本家の愛人という貴族もどきだった。

「モエ、クッキーのおかわりを頂戴」

「……畏まりました」

向けられた笑顔は、セーレで見た笑顔とはまるで別物だった。


仕事が終わり、モエは自室に戻ってきた。

服を脱ぎ捨て、下着のままベッドに寝転がる。

空虚な毎日を過ごしているが、これと言って変化はない。

「……アミー」

「呼んだ？」

「えっ!?」

ベッドから起き上がると、入口のドアにアミーが立っていた。

「油断しすぎよ？　私に気が付かなかったのかしら……？」

「……っ」

「ふふ、そんなに睨まないの。可愛いわねぇ」

「……貴女は」

「安心なさい、事態は少しずつ動き始めたわ。まだ時間がかかりそうだけどね」

不幸と絶望の女神アラクシュミー。そう名乗った記憶のない女性は、楽しそうに告げる。

もちろん記憶がないなんて嘘だ。その容姿でサリヴァンを誑《たぶら》かし、このアスモデウス本家に入り込んだ、ある意味暗殺者よりやっかいな女。

「私の栄養は絶望と不幸。少しずつ、少しずつ味わうわ……」

「不幸……まさか、愛人たちの諍《いさか》いも……」

「まぁ私の影響ね。ふふふ、みーんないい味出してるわよ？」

「……」

「ここにフォルトゥーナがいれば私の力は相殺《そうさい》されるんだけどねぇ。残念だけどみんな不幸になるばかり……」

「フォルトゥーナ……愛と幸運の女神？」

「そう、多分だけど……脳筋女のアテナといるでしょうね」

「戦いと断罪の女神アテナ……」

「ふふ、詳しいのね」

「別に。それより、本当にアスモデウス本家はなくなるの？」

「ええ。時間はかかるけど、少しずつ衰退を始めるわ。ふふふ……じっくり味わわせてもらうから」

舌舐めずりをしてアミーは妖艶な笑みを浮かべる。

その笑みは、何よりも女神らしく美しいとモエは感じていた。

「貴女はゆっくり傍観してなさい。そして、全てが終わったらアローに報告すればいい。もしかしたら……元に戻れるかもね」

その言葉が希望となり、モエの心を薄暗く照らす。だが、モエは気が付いていなかった。

自身もまた、女神に魅入られていることに。

第四章　マリウス領を巡る旅

俺とアテナとルナは、集落から一番近い集落に向かって歩いていた。

「ねぇアロー、お腹減ったー」

「……」

「アーロー……聞いてんの？」

「お前な、さっきリンゴ食っただろうが」

「あんなのじゃ足りないわよー。お腹減ったー」

「あーもう、我慢しろっての!!」

平原は危険なので、川沿いの森をひたすら歩くルート。

俺はルナを背負って歩き、アテナは周囲を警戒しながら歩く。とはいえ、アテナは警戒してるかどうか疑問だが。

集落の名前は『ニケ』というらしい。地図にはそう書かれているが、書いてあるのはニケまでのルートで、それ以外は何も書かれていない。まるで未完成の地図だ。

アテナはとにかく燃費が悪かった。

食事は三人前は食べるし、手持ちの食料で足りないと勝手に狩りに出かけて獲物を獲《と》ってくる。

しかも解体は俺に任せてとにかく急《せ》かすし。

コイツホントに女神か？　ってくらい豪快に肉を嚙るし。だけどたまに見せる横顔は気品がないでもない。なんとも不思議なヤツだった。

集落を出て二日。休憩を挟みつつ歩きながらニケを目指す。

マリウス領は辺境と呼ばれてるが、これじゃ辺境どころか未開の地だ。街道なんてないし、川沿いとはいえ森をひたすら歩くのは疲れる。

「はぁ……ねぇアロー、魔獣が出ないんですけどー」

「いいことだろ。こっちはルナがいるし戦闘なんてしたくない」

「あのねー、それはルナがいるからに決まってるでしょ。ルナの幸運のおかげで魔獣に遭遇しないからつまんないんでしょうが。ねぇアロー、魔獣に会いたいーって願いなさいよ。きっと大型魔獣が群れでやってくるわ!!」

「あぅー」

「ふざけんな。中型魔獣ですら恐ろしいのに、大型魔獣なんて見たら卒倒するわ」

ルナはおとなしい。基本的に泣かず、泣くのはお腹が減った時とおしめが汚れた時だけだ。

普段は俺の背中でスヤスヤ眠り、たまに起きると俺の背中をペシペシ叩く。

「あぅあ、あはは」

「ははは、よしよし」

この旅の癒やしと言っても過言ではない。

俺はルナを守るためなら自分のことは二の次三の次だ。

「あー!!　あぁー!!」

「ん？　どした、お腹減ったのか？」

「あぅぅ、あぁぁぁー!!」

「違うのか？　おしめか？」

急にルナが暴れ出し、俺はルナを抱っこしてあやす。

お腹が減ったワケでもないし、オシメでもない。どうしたんだ？

「ほ～ら、よしよし」

「あぅあ、あぅあぁーっ!!」

「どうしたのかしら……あれ？」

「わからん……ん？」

「あぅあっ!!」

なんだろう、ルナの手が森の奥を指してる気がする。

「アテナ、ちょっとあっちに行こう」

「ええ、私もなんか気になるのよね……何か、懐かしいような」

アテナも何かを感じてるのか、ルナと同じ方向を見ていた。

森の奥に進み、少し開けた場所に出た。とはいえ何かがあるワケでもない。生い茂った草に僅かな水たまりがあるだけ。周囲を見渡すが特に何かを感じることもなかった。

「ここか？」

「あぅぅ」

「……この感じ、まさか」

アテナがそう言った瞬間、何かが上空から飛んできた。俺は咄嗟《とっさ》に反応できず、その物体の接近に為《な》す術《すべ》もない。魔獣ならアテナがいるし大丈夫と思ったが、アテナはその物体の接近を普通に許した。

「うおっ、なんだ!?」

その物体は俺の頭上……いや、俺の頭の上に着地した。

重さはほとんど感じないが、爪《つめ》のような物が引っかかる感触があった。

「やっぱり、ミネルバっ!!」

「お、おいアテナ、なんだよ一体っ!?」

アテナが俺の頭に手を伸ばすと、頭上の感触は消え、アテナの手に白い物体が乗せられていた。

「なんだそれ……フクロウか？」

「私の親友のミネルバ。まさか地上に降りてきた、いえ……巻き込まれたの？」

『ぴゅい、ぴゅいい』

「そっか……ゴメンね、私のせいで」

『ぴゅぅぅ、ぴゅい』

「うん。ありがとう……」

両手で包み込めそうなサイズの小さなフクロウが、アテナと会話している。

ルナが気にしてたのはこのフクロウのことなのだろうか。

「あ、こいつはアロー、一緒に旅してるの。口うるさいけどいい奴《やつ》よ」

『ぴゅいい』

「ふふ、心配ないわ。これからは一緒よ」

「おーい、アテナ。そろそろ紹介してくれよ」

「あ、紹介するわアロー。この子はミネルバ、私の神界での親友よ。まぁその、巻き込まれたの」

「被害者その二か。いや、被害鳥か」

「う、うっさい!! どうやら私を捜してたみたい……ルナに感謝しないとね」

『ぴゅいぃぃ』

ミネルバはパタパタ飛ぶとアテナの肩に着地した。

なんともまぁ可愛らしい。首をクリクリ捻《ひね》って俺を見てる。

「これからはこの子も一緒よ。うりうり」

『ぴゅぅぅ……』

「か、可愛いな。俺にも触らせてくれよ」

『ぴゅいっ!!』

「いってっ!?」

人差し指を伸ばしたら、なんとこのフクロウ、俺の指に噛み付いた。

痛みはそんなになかったが、思わず驚いて指を引っ込めてしまった。

「あはは、ミネルバは私にしか懐かないわよ。ねー」

『ぴゅいー』

「ぐぬぬ……」

なんか悔しい。丸っこくてフワフワしてそうで俺もウリウリしてみたいな。

「ルナはこのフクロウを察知してたのか?」

「多分ね。きっとあんたにとっても幸運に繋がるからだと思うわ。それに私の大事な親友だし……ありがとね、ルナ」

「あぅー」

こうして、俺たちの旅に新たな仲間が加わった。

白い赤ちゃんフクロウのミネルバ。

小さいが飛ぶ力は強く速い。エサは自分で獲ってくるし、普段はアテナの肩の上でのんびりと過ごしてる。たまに俺をバカにしたように頭の上に着地してアテナを笑わせたり、姿が見えないと思ったら上空を旋回したりしてた。

「ミネルバは頭がすっごくいいの。身体は小さいけど狩りも上手なのよ」

川沿いで野営の準備をしながら、俺は空を見上げた。

旅の荷物はアテナが背負い、俺がルナを抱っこしてリュックを背負う。

馬でもいれば良かったんだが、馬は貴重で集落には各家庭一頭ずつしかいないので借りれなかった。

どの道そこまで長旅じゃないし、体力には自身があるから大丈夫だしな。

「アロー、魚獲ってくる!!」

「お、おい……って!?」

アテナは服を脱ぎ捨て、下着姿で川に飛び込んだ。

胸を覆うさらしに、際どいラインまで見えそうな腰布だけの姿で、剣を持ってふわりと舞う。

いつもの活発な笑顔ではなく、静かな微笑を浮かべて川の中央で佇《たたず》む姿は、俺の知ってるアテナじゃない。

「……よしっ!!」

何度か剣が振られた。すると、川岸に二十センチほどの魚が飛んできた。

どうやら足元を泳ぐ魚を剣で打ち上げたらしい。そんなこと普通はできない。

「ふぅ、こんなもんね。ついでに水浴びしよっと……アロー、こっち見ないでね!!」

「あ、ああ……」

俺は魚を回収して離れた。下着姿で水と戯れるアテナは、銀髪を滴らせ輝いて見える。

「……う」

パチャパチャと背後で水音がする。アテナが裸で水を浴びてると思うと、すごくドキドキした。

食事の支度をして気を紛らわせる。魚を捌き、内臓を抜いて串に刺してると、頭の上にミネルバが着地した。

『ぴゅいっ!!』

「な、なんだよ」

『ぴゅいーっ!!』

パサパサと羽ばたいて頭の上で暴れる。

うっとうしくなり掴もうと手を伸ばすと、スルリと躱《かわ》された。

「あはは、あんたが覗かないように見張ってくれたのよ。ありがとねミネルバ」

『ぴゅい』

「おい、誰が覗くって？」

「あら？　興味津々《しんしん》だったんじゃない？」

俺は否定せず、調理を再開する。アテナが笑っていたが俺はその顔を直視できなかった。

「きゃはは♪」

『ぴゅいーっ‼』

ルナとミネルバは、いつの間にかじゃれ合っていた。


ニケの集落に向けて進む。

ルナのおかげなのか、全くと言っていいほど魔獣と出会わず、出会ったとしても弱い上に珍味として有名な貴重魔獣ばかりだった。

アテナは不満そうだったが、ルナを連れた状態で魔獣に出会いたくなかったし、それ以上に珍味としての魔獣がすごく嬉しかった。

「よっしゃぁーッ‼」

「お、おいアテナ、気を付けろよっ‼」

そして現在。俺たちの前に出てきたのは真っ黒い牛の魔獣。

コイツは俺も知ってる。戦闘力はないが肉が超高級食材の『黒毛魔牛』だ。その個体の少なさもさることながら、詳しい生体は不明で、どうしてこんなに美味しい肉なのかわかっていない。

最高峰の牛肉と呼ばれ、肉はキメが細かく光沢があり、よく締まった赤身で歯ざわりも滑らか。旨味《うまみ》の効いた脂肪が赤身の間に緻密に入り込んで、細かな霜を降らせることで、軟らかく、口の中に入れると舌の上でとろけるような、まろやかな味わいらしい。

「いいか、絶対に仕留めろ!!　頼むぞ!!」

「おーけーおーけー、任せなさい!!」

俺はルナを抱え後ろに下がり、アテナは剣を抜いて獰猛《どうもう》な笑みを浮かべている。

実際、俺は恐怖よりも味への好奇心でいっぱいだった。

「ステーキ……あ、そうだ。ニケの集落にお土産持っていくのもいいな」

「あぅ?」

「ん～……ありがとなルナ、お前はホントに幸運の女神だよ」

「あぁ～う」

アテナが黒毛魔牛の首を両断した瞬間を見ながら、俺はルナを撫でた。

肉の解体に丸一日もかかった。流石に俺も牛は解体したことがない。手探りでなんとかこなした。

解体用のナイフでは足りず、俺は護身用の剣で解体し、アテナにも手伝ってもらった。

勿体ないが食べる分と保存用、ニケの集落への土産用だけを解体し、残ったのは地面に埋めた。

こんなに勿体ないと感じたのは初めてだ。

「アロー、今日はステーキステーキっ!!」

「もちろん!!　最高級の部位を使った高級ステーキだ!!」

「やっふぅっ!!」

アテナも俺もご機嫌だ。

さっきまで血まみれで内臓を処理したせいで血なまぐさく、近くの川で服を洗った。今は俺もアテナも薄着のままだ。

「ねぇアロー、私はこんがり硬めで!!　二枚目は血の滴るレア!!」

「おう、って……」

アテナはフライパンを持つ俺にじゃれつく。その拍子に柔らかい胸が背中に当たり、薄着なので大きさや形がモロに伝わってくる。

「あ、アテナ……」

「何よ。あ……」

ヤバい、耳まで赤くなってるかも。アテナも気が付きパッと離れた。

お互い気まずくなり少し黙り込む。俺は誤魔化すようにかまどの火力を上げる。

「あ、あのさ……」

「な、何よ」

「いや……ありがとな」

アテナが、ルナがいる。

一番の幸運は、きっとこの二人との出会いだと今なら言える。

俺は分厚いステーキを焼き、アテナを喜ばせた。

翌日。

朝ご飯を食べて出発しようと準備を終えた途端、巨大な魔獣が現れた。

ルナのおかげで魔獣には遭遇しないはずなのに、目の前には中型魔獣がいる。

「どうやら黒毛魔牛のニオイに引かれたみたいね。ほら」

「ほ、ホントだ……地面を掘ってる」

魔獣は硬そうな外皮をした灰色の馬で、大きさは五メートルほど。

俺たちに気が付いてるのかいないのか、昨日埋めた黒毛魔牛を掘り返し、骨のまま内臓をモグモグ食べてる。

「も、もしかして……気付いてない？」

「そんなワケないでしょ。とっくに気付いてる。ほら」

『ブルルル……』

バケモノ馬は食事の続きと言わんばかりに俺たちを見てる。おいおい、黒毛魔牛の残りじゃ足りないって顔してるぞ。

「あ、アテナ……だ、大丈夫なのかよ……」

「当たり前でしょ。腹ごなしにちょうどいいわね」

俺はルナを抱っこしたまま後ずさり、アテナは腰の剣を抜く。

バケモノ馬は雄叫《おたけ》びを上げアテナに向かう。

『ブォォォォォォン!!』

「ふん、私にケンカを売るなんて……」

アテナは不敵な笑みを浮かべてる。馬の突進なんて気にならないのか、構えらしい構えも取らない。だけど慌てず、勝利を確信していた。

「千年早いわ」

突進に合わせたカウンターで、馬を縦に両断した。

アテナの両脇に馬の身体が割れ、内臓も外皮もスッパリ両断。あまりにもあっけなく馬は死んだ。

頼もしすぎる。コイツに勝てるヤツなんていないだろ。

「ねぇアロー、こいつって食える？」

「どれどれ……う、くっせぇ……ムリだな、内臓も肉も臭すぎる」

「あぅぅ、あーーっ!!」

「ルナ？」

「あう、あぅあ」

「ん……？」

ルナが指さした馬の内臓の中、心臓の付近に光る塊があった。

俺は枝を拾い内臓を掻き分けると、拳大の薄黄色のゴツゴツした石を見つけた。

「なんだコリャ？　ルナ、これか？」

「あぁうー」

「おっと、汚いから待ってろ。川で洗うから」

川で洗うと、少しはまともになった。

軽いが鉱石の類《たぐい》ではない。むしろ軟らかく力を入れて握れば割れそうな気がする。

「よくわかんないけど、持っていけば？」

「……そうだな。ルナのお導きだ」

「あぅぅ」

俺はポケットに石を入れ、改めて旅の支度をした。

それからは何事もなく歩き続け、ニケの集落まで間もなくのところまで来た。

『ぴゅいーっ!!』

「あ、おかえりミネルバ。お腹いっぱいになった？」

『ぴゅい』

「そっか、良かったわね、うりうり」

『ぴゅぅぅ……』

ミネルバを手のひらに乗せ、頭をうりうりしてる。正直羨ましい。俺もやってみたい。

『ぴゅいっ!!』

「アンタにはやらせないってさ」

「何も言ってないだろ……」

どうやらダメみたいだ。残念だけど仕方ないよね。

集落までもう少しだし、さっさとお使いを済ませて我が家に戻ろう。

そして歩くこと半日。地図には魔獣避けの林を抜けた先に集落があると書かれ、目的の魔獣避けの林が見えてきた。ここを進んでいくと集落の入口が見えてくるはず。

林の中を進み、集落の入口が見えてきた。

「ふぅ。やっと着いたか」

「ここがニケの集落だっけ」

「ああ、ここで発掘作業の手伝いと鍛冶をお願いする」

ゴン爺の書状を見せれば手伝ってくれるだろう。手土産に高級肉もあるし、歓迎こそされても追い出されはしないと思う。

俺たちは集落の中に進んだ。そして。

「……おい、なんだこれ」

「う……ヒドいわね」

集落からは、とんでもない異臭がした。

「こ、これは……」

集落に入った俺たちは驚いた。

異臭の原因が、荒れ果てた畑で腐り果てた野菜と、死んで腐敗が進んでる家畜たちのニオイだったからだ。俺は慌ててルナの口と鼻を包むように布を巻く。少しでもこのニオイを吸わせないようにマスク代わりの布だ。

俺とアテナも同じように布を巻く。どう見てもただ事じゃない。

「アテナ、気を付けろ」

「ええ。うわ……見てアロー、あそこの川、色が変よ」

集落の中には誰もいない。俺の考えが正しければ、全員が家の中にいるはずだ。

その前に、俺は集落を流れる川に近づき、傍に落ちていたカップで水を掬《すく》いニオイを嗅《か》ぐ。

「……アテナ、間違いない」

「やっぱそうなのね？」

まさか、こんな事態に遭遇するとは思わなかった。原因は不明だが間違いない。これは。

「ああ、川の水に毒が混ざってる……汚染されているみたいだ」

まずやるべきこと。それは生存者の救助だ。家を一軒ずつ回り、生存者の確認をしなくては。

「アテナ、一軒ずつ行こう」

「ええ」

まずは一番近くの家。集落を見渡すと、どの家も同じような造りだ。手分けするより一軒ずつ探していこう。俺はドアを強くノックして叫ぶ。

「すみません!!　誰かいませんか!!」

全く反応がない。するとアテナが目を細めて言う。

「人の気配……でも、ものすごく弱い。命そのものが弱まってるような……」

「失礼します!!」

俺は迷わずドアを開け、家の中に踏み込んだ。するとそこは、ヒドい光景が広がっていた。

「……………あ、ああ……だれ、だ？」

「う……」

家の中は酷《ひど》い腐敗臭が漂っていた。

その中にいたのは二人の男女。ガリガリにやせ細り、動く気力もないのかダイニングテーブルに突っ伏していた。俺がドアを開けたことに辛《かろ》うじて反応したようだ。

夫婦だろうか。素人目でもわかる、これは毒による中毒症だ。

「大丈夫ですか!?　しっかりしてください!!」

「…………」

「……あ」

「マズいわよアロー、死にかけてる」

「わかってる!!　でもどうすれば……俺は医者じゃないし」

「……とにかく、毒が原因なのは間違いないわね……なんとか解毒しないと」

「んなこと言ってもよ……とにかく、このままじゃマズい。この人たちもだけど、集落の状態を確認しないと」

「そうね。手分けして集落を確認するわよ!!」

俺たちは夫婦を寝室へ運び、今度は手分けして集落を見て回った。

家の数は三十軒ほどだろうか、アテナと手分けして家を回る。

「ひでぇ……なんでこんな」

「あぅぅ」

俺はおんぶ紐《ひも》を前に移動させ、抱っこするようにルナを抱きしめる。

セーレ領でもこんな酷い集団中毒はない。俺は初めてのことで身体がブルリと震えた。

「……くそ」

一軒の民家は、すでに全滅だった。

子供一人と大人が二人。若い家族が、一つのベッドで抱き合うように事切れていた。

俺は思わず壁を殴りつけてしまい、ルナを怯《おび》えさせてしまった。

「ご、ごめんな……」

「ふぇぇ」

「よーしよーし……」

ルナをあやし、他の建物も回る。十五軒ほど回ったが、犠牲者は三人家族だけだった。

アテナと集落の中央で合流する。中心には集会所らしき建物があり、何か催し物でも開く予定だったのか、大鍋や調理器具が散らばっていた。

「……老夫婦、ダメだった」

「こっちも三人家族が……」

少しだけ黙る。だが、頭を切り替えてこれからのことを考える。するとアテナが言う。

「あのね、集落で一番若くて体力がある人がいるの。どうやら中毒の原因がわかるみたいだし、話を聞きましょ」

「わかった、行くぞ」

アテナの案内で、その人の家に向かう。

「やぁ……キミが、マリウス領の、領主様か……」

「え、ええ……」

「こんなザマで申し訳ない……長はすでに死亡、喋れるのは、私だけみたいだ……」

男性は真っ青な顔でポツポツ呟く。身体はやせ細り生気が感じられない。このままだと数日もしないうちに寝たきりになるだろう。なんとかしないと。

「辛いかもしれませんが聞きます。一体何があったんです？」

「……ふぅー……よし。まずはこの中毒の原因だが、どうやら川の上流に毒魔龍《どくまりゅう》が棲《す》み着いたようなんだ。恐らくだが水浴びでもしてるのだろう、その身体から染み出した毒が川を伝って飛沫《しぶき》が上がり、集落全体に大規模な中毒症状を引き起こしてると考えられる」

「毒魔龍⁉　中型魔獣でも最高の毒を持つって言われてるあの毒魔龍ですか⁉　そんなバカな、文献でしか見たことも聞いたこともないような伝説の魔獣だぞ⁉」

「だが事実だ……元気なうちに偵察に出向いたが……間違いない」

「解毒……解毒方法は」

「まずは、上流にいる毒魔龍をなんとかしなければ……」

「ふふん。じゃあ私の出番ね」

「おいアテナ、今回は流石にヤバい。いくらお前でも」

「じゃあ集落の人たちはどうするの？」

「……」

「私は行くわ。危ないみたいだし、アンタは留守番ね。集落の人たちを頼んだわよ」

「お。おいアテナ‼」

「頼んだわよ、領主様‼」

そう言ってアテナは飛び出してしまった。アテナを追うことをしなかったのは、領主という言葉が俺に突き刺さったからだ。こんな時領主なら、領民を見捨てて行くわけがない。

「よし、魔獣はアテナに任せましょう。解毒の方法は？」

「……ない、が……ある」

「え？」

「ある。だが……不可能なんだ」

「ど、どういう意味で？」

「毒魔龍は身体の全てが毒の素材になる。それこそ肉や血、爪や牙《きば》や鱗《うろこ》……毒魔龍自体に解毒剤となる材料はない。だが、とある魔獣の体内で熟成される結晶が、万病に効く薬になると言われてるんだ」

「……ん？」

結晶？　……なんか覚えがある。

「ホープホースと言われる希少魔獣だ。ホープホースは人前に現れることがない。見つかるのは死骸ばかりだし、件《くだん》の結晶は死ぬと同時に溶解してしまう。溶解する前に手で掴めばいいのだが不可能に近い……だからこそ実物はこの数百年間で一度も見つかってないと言われてる」

「あの……」

「この話も私のおじいさんから聞いたんだ。可能性があるとすればそんなおとぎ話……すまない」

「え、ええと……」

俺はルナをチラリと見ると、何故か嬉しそうにはしゃいでる。

ここまでくると恐ろしい。俺はこの時点で確信していた。

「あの、これなんですけど……」

「ん……んんんん？」

俺がポケットから黄色い結晶を取り出して男性に見せると、男性は目を丸くした。残された力を使い喋っていたのだろうが、そんなことを忘れるくらい仰天していた。

「こ、これは……ば、馬鹿《ばか》な!?」

「その、ここに来る途中でヘンな馬を倒したんですけど、そいつの心臓辺りから出てきたんです」

「ほ、ホープホースの心臓結晶だ。は、ははは……」

「あの、これでいいんですよね？　これをどうすればいいんですか？」

「あ、ああ……確か、煮込んで結晶を溶かしたスープにすればいいと……」

「よし、さっそく……あ、水は汚染されてるんだっけ」

「いや、大丈夫。心臓結晶が全ての毒素を浄化するはずだ」

「わかりました。じゃあここは俺に任せてください。外にあった大鍋を借りますね!!」

俺は外に飛び出し、積んであった薪を使って火をおこす。

川の水を汲《く》んで火に掛けると、水から酷い悪臭がした。

「頼むぞ……」

俺は一度だけ祈り、結晶を鍋の中に入れた……すると、濁っていた水は一瞬で透き通り、ほんのり黄色い液体ができ上がった。まさか一瞬でできるとは思わなかった。

俺は荷物の中からカップを取り出して一杯掬って男性の元へ。

「できました!!　あの、これでいいんでしょうか？」

「あ、ああ……じいさんに聞いた通り、透き通るような黄色いスープだ……いただきます」

男性は迷わず一気飲み。すると。

「お、おお……身体が急に軽く……は、ははは……はははははっ!!」

「お、落ち着いてください。急に動くと……」

「おっとすまないね。だが……治った!!　これは本物だ!!」

「良かった……よし、じゃあ次は集落の人たちに」

「ああ、私も手伝おう」

「いや、寝てた方が……」

「一刻も早く治療しなければならない。小さい子供もいるからな」

「……わかりました」

俺と男性は、手分けして集落を回った。

秘薬の効果は絶大だった。飲むとたちまち元気になり、寝込んでいたのがウソのようだった。

集落は総勢五十名ほどで、子供だけで十人はいる。みんなやせ細っているから鉱石採掘は厳しいだろうな。

「スゴいな……みんな元気になった」

「スゴいのはキミだ。まさかホープホースに生きたまま出会えるとは。完璧な状態の心臓結晶を手に入れてくれたおかげでみんな助かったんだ。礼を言おう」

「いや、いいですよそんな……」

スゴいのはルナだしな。それに馬を倒したのはアテナだ。

集落の人たちは助かった喜びに打ち震えている。犠牲者もいたが……手厚く葬《ほうむ》ってあげよう。

するとと、集落の入口から人影が見えた。

「たっだいまっ!!　あれ？　みんな治ってる!?」

「アテナ!!　無事だったか!!」

「あったりまえでしょ、毒魔龍だか知らないけどザコよザコ。それとついでに集落入口で何匹かトカゲを狩っておいたわ。みんなお腹空いてると思ってね」

「肉はキツいだろ……」

「そこはアンタの腕の見せどころよ」

「はいはい、そうだな……じゃあ、山菜や薬草でも摘みに行くか。アテナも手伝えよ」

「え～っ!!　帰ってきたばっかなのに～っ!!」

「後で肉焼いてやるから、な？」

「し、仕方ないわね……」

買収完了。アテナはちょろいな。

ステーキはまだ脂っこくて厳しいから、食べやすいサイズに切って煮込めばいいだろう。肉をベースに、山菜と薬草のスープでも作るか。

いろんなことは後回しにして、まずはみんなのために動こう。

現在。俺とアテナはニケの集落で炊き出しを行っている。

「さぁ、熱いから気を付けてな」

「ありがとうお兄ちゃん!!」

「はいどうぞ、アテナ特製の薬草スープ。飲めばたちまち元気いっぱいよ!!」

「いや、作ったの俺だから」

アテナの狩ったオオトカゲと、俺が摘んできた薬草を合わせたスープを作り、集落の人たちに配っている最中だ。大人も子供も病気が治り、涙を流しながらスープを啜っている。

俺は木の皿にスープをよそい、集落の外れに持っていった。

「……遅くなって申し訳ありません」

そこは、墓地。伝染病で亡くなった家族と、二人暮らしの夫婦の墓だ。

俺は跪《ひざまず》きスープを墓に供え、胸に手を当てて黙祷《もくとう》した。すると隣にアテナが跪く。

「どうか安らかに……」

女神の祈りだ。安らかに眠ることができるだろう。二人でしばらく黙祷し、俺は立ち上がる。

「さて、これからのことを考えるか」

「は？　集落のお手伝いを頼むんでしょ？」

「あのな、この状況で頼めるわけないだろ。病気は治ったけどまともな仕事ができるような状態じゃない。しかも畑や家畜は全滅だし、なんとかしないと」

「ああ、確かにそうね」

そう。一番の問題はそこだ。家畜は全滅。畑は毒で汚染され、土壌の回復に何年かかるかわからない。それこそこの地を放棄して新たな場所を開墾した方が早いかもしれない。

「とりあえず、この集落の長と話をしよう」

俺とアテナは炊き出し場に戻る。すると、集落にあった大きめの籠《かご》に毛布を敷き詰めたルナの臨時ベッドから泣き声が聞こえてきた。

　俺は慌てて駆け寄りルナをあやす。

「おぉ……ごめんなルナ、寂しかったのか？」

「あぁん!!　あぁぁぁん!!」

「おぉよしよし……ほ〜ら、たかいたか〜い」

「あぅぅ……」

「ホンットによく懐いてるわね。私が抱くとギャンギャン泣くのに」

「はは、そりゃ残念だな」

　俺は可愛いルナを抱きしめ、ベッドに戻してやる。

　すると籠の縁に白フクロウのミネルバが止まった。今なら触れるかも。

『ぴゅいっ!!』

「いってぇっ!?」

「あははっ、ざんね〜んっ!!」

「うぐぐ……」

　クチバシで指をツツかれた。悔しがっていると、俺たちの傍に一人の男性が近づいてきた。

「お邪魔だったかい？」

「い、いえ。それより体調は……」

「キミのおかげでバッチリさ。むしろ力が漲《みなぎ》ってくるよ」

「無理はしないでください。病気が治っただけで、体力が完全に回復したわけじゃありませんから」

「わかっている。だがそうも言ってられないんだ……」

この集落の惨状だ。水こそあるが、明日食べる物も心許《こころもと》ない。

小さい子もいるし、薬草や魔獣の肉だけじゃ栄養のバランスが悪い。

やはり新鮮な野菜や果物がないと、この地で生きていくのは難しい。この汚染された土壌じゃ野菜や果物は育たない。

「申し遅れた、オレはゲンバーだ。亡くなった長の代わりに新たな長に就任した。よろしく頼む」

「俺はアローです。一応ですけど、マリウス領の領主です」

「領主!?　ははは、まさか貴族様だったとは。この未開の大地に来る貴族なんて初めて見たぞ」

「まぁ、成り行きで……ははは」

「そうか。では領主様、相談させてもらっても構わないかな？」

「もちろんです。俺にできることなら手伝います」

「ありがとう。ところで……そちらの少女は、ご夫人かな？」

ゲンバーの視線はアテナに向く。しかもアテナは寝てるルナのほっぺをツンツンしていた。

「ち、違います!!　その、あいつは俺の護衛で……」

「そうかい。これからのことだが……オレの考えでは集落を捨てるしかないと思う。土壌は死に絶え、明日の生活すら困難な状況だ。まずは体力のある者を連れ、住めそうな地域を探そうと思う」

「……やはり、そうですよね」

俺もそれしかないと思う。

いい土地が見つかるまで、俺とアテナが手を貸すしかないな。ジガンさんやゴン爺には悪いけど、帰りは遅くなりそうだ。でもこの状況は領主として放っておけない。

「わかりました。俺とアテナも手を貸します。新しく住める地となると……」

「はいはーい、ちょっといい？」

アテナが挙手して俺を引っ張る。ゲンバーさんから少し離れ、アテナはノリノリで話し始めた。

「なんだよ、今は真面目な話をしてるんだ」

「私も真面目よ。さっきから聞いていれば新しい地だの住めそうな地域だの、そんな面倒なことしなくても簡単な方法があるじゃない」

「は？」

アテナは、胸を張ってビシッと指を突き付ける。

「アローの集落に行けばいいのよ。あそこなら広いし、五十人増えたところで問題ないわ」

「あのな……住むにしても家が必要だろ。それに住む場所は至急なんだ。これから集落に戻ってゴン爺に説明して、集落の了承を得て戻ってなんてやってたら、一ヶ月以上はかかるぞ」

「だーかーら、簡単な方法があるのよ。要は移動に時間がかかるんでしょ？　この集落の状況をさっさとゴン爺に伝える方法ならあるわ」

アテナが指笛をピュイッと吹くと、アテナの肩に白いフクロウが止まる。

その頭をウリウリと撫でると、アテナは自信たっぷりに言う。

「ミネルバなら半日で集落に着くわ。手紙を持たせて飛んでも楽勝よ」

「……マジか？　そんな小さな赤ちゃんフクロウがそんな速く飛べるのかよ？」

「当然よ。私やルナとは違って、この子は受肉したワケじゃないわ。ただ身体が小さくなっただけで、神聖な力はそのまま残ってる。三日三晩飛んでも疲れを感じるなんてことはないわ」

『ぴゅいっ!!』

「へぇ……」

そりゃすごい。どう見てもチビフクロウなのに。俺は少し考え、ミネルバを見ながら頷いた。

「わかった。ミネルバの力を借りよう。ゲンバーさんに相談してみる」

「うんうん。うちのミネルバは優秀ってことを見せてあげる」

『ぴゅいーっ!!』

アテナは、ミネルバの頭をウリウリと撫でた。

俺はゲンバーさんに説明する。

「……ということで、集落に連絡を取ってみます」

ミネルバが手紙を運びこの状況を知らせること。ニケの集落の住人を受け入れる要請。それらを手紙に書き、麻糸で括りミネルバの足に結んだ。ちなみに結ぶ時に少し触ろうとしたらツツかれた。ちょっと残念。

「だが、受け入れてくれるだろうか……」

「ゴン爺ならきっと大丈夫だと思います。あの人は俺を受け入れてくれましたし……」

「よしよし。お願いねミネルバ、集落はわかるわね？　私の残滓《ざんし》を追えばわかるわ」

『ぴゅいぃ』

「よーし、行ってこーいっ!!」

アテナがミネルバをウリウリ撫でると、ミネルバは天高く飛び上がった。

しかも速い。まるでハヤブサのような速度ですぐに見えなくなった。

「は、速い……」

「当然。でも、本来のミネルバはあんなモンじゃないわよ」

後はミネルバを信じて、こちらは準備を進めておく。

ゴン爺ならきっと受け入れてくれると信じ、それぞれの家で荷造りを始めた。その間、俺は周辺の薬草を摘み、アテナは食べられる魔獣を狩り当面の食料を確保する。

ミネルバが戻るまでは何日かかかる。

住人の受け入れなんて大事なことだし、集落で話し合う必要もあるだろう……数日はかかる。その間にできることはなんでもする。

こんなことしかできないけど、これが俺の領主としてできることだ。

セーレ領では父上の後をなぞることしかできなかった。

このマリウス領では俺の刻んだ軌跡がそのまま領主としての道になる。


ミネルバが帰ってきたのは、飛び立ってから三日後のことだった。

「あ、帰ってきた」

集落の長の家でのんびりしていたアテナが言う。

ルナをあやしていた俺は、外を見てるアテナの方向を向く。アテナは窓から身を乗り出して手を振る。どうやら合図を出しているようだ。

するとアテナの差し出した腕に、真っ白くて小さなフクロウのミネルバが着地。アテナは間髪入れずに頭をウリウリと撫でる。

「お疲れ様ミネルバ。大変だったでしょ？」

『ぴゅいぃ……』

「ふふ、ありがとね」

『ぴゅいーっ!!』

「お、おいアテナ」

「ああ、はいはい。これね」

ミネルバの足にはやや太い筒のような物がある。その筒には紐が巻かれ、ミネルバの足にしっかりと固定されていた。俺の書いた手紙には重い物でも運べると記載したが、ミネルバよりも大きな筒をこんな短時間で運んでくるとは……やっぱりすごいな。

アテナは紐を外すと、筒を俺に差し出してきた。

「はい、どうぞ」

「よし、どれどれ……」

俺はさっそく筒を開けて中の手紙に目を通す……よし、やっぱり思った通りだ。

ニヤリと笑った俺を見て、アテナは理解したようだ。

「ゴン爺、受け入れてくれるの？」

「ああ。しかもこの集落に救援隊を送るそうだ。その人たちが合流したら集落に出発するって」

「へぇ……じゃあ、これで私たちも帰れるのね」

「……いや」

手紙に書かれていたのは、それだけではなかった。

俺は手紙を持ってゲンバーさんの元へ行く。するとゲンバーさんは農機具を一纏《まと》めにしており、俺とアテナの姿を見ると、優しそうに微笑む。

「やぁ領主様、何か？」

「はい。集落から手紙が届いたんです。移住の件はこれで解決されました」

「も、もう届いたのか!!　それは嬉しい報告だ」

「ええ。それと、もう一つ問題が発生しました」

俺は手紙をゲンバーさんに差し出す。するとゲンバーさんはその手紙をじっくりと読み、少し難しい顔をした。

「ふむ……家畜の問題と住居の問題か」

「ええ。移住自体には賛成ですが、皆さんの住む住居の手配と農業用の家畜が足りないそうなんです。なので集落では男性が採掘業と開墾、女性が農作業の補助を務《つと》めて欲しいと。住居は簡易的な藁《わら》小屋なら作れるが、本格的な建物はやはり時間がかかるとのことです」

「うむ。仕方ない……だがやはり畑は必要だな。アロー君の集落には一気に五十人の住人が増えるんだ。食料の心配が出てくるな……」

「はい。なので家畜が必要になりますね。食用と農業用、乳牛もいればありがたいんですが」

「……家畜か」

俺とゲンバーさんが話してる横で、アテナはルナを抱っこしていた。

アテナが抱っこするとルナはギャンギャン泣くが、アテナの肩にミネルバが止まっている時だけ静かに抱かれている。

「ねぇルナ、赤ちゃんだから私の記憶がないの？　うーん……肉体が未成熟だから思考力も低いのか。なら大きく成長すれば私のことも思い出す？」

「あぅー？」

「うふふ、まぁ人生は短いけど、そのうち喋れるわよね。その時はたーっぷりお仕置きしてあげないとね」

「あぅぅ、あは」

「いたたっ、ちょっと、髪の毛引っ張っちゃダメ!!」

『ぴゅいぃ』

そんな平和な光景を横目で見てると、ゲンバーさんが思い立ち、荷物の中から一枚の羊皮紙を取り出した。それを机の上に広げると、指で一点を指す。

「見てくれ、ここがニケの集落。そしてここが『パーンの集落』だ」

「パーン？」

「ああ。ここは牧羊や家畜の飼育が盛んな集落だ。取引こそ少なかったが親交はある、ここに頼めば家畜を分けてくれるかもしれん」

「なるほど……でも、対価がないと」

「ああ。そこが問題だが、アテナ君がいれば問題ないだろう」

「え、アテナ？」

「ああ。『パーンの集落』の家畜は小型魔獣でね、乳製品などは魔獣の乳を加工して作ってる」

「ま、魔獣の⁉」

「ふふ、品質は全く問題ない。むしろ一般的な家畜より栄養価が高い。肉体労働をする我々には持ってこいの家畜となるはずだ」

「なるほど。でもアテナの出番ってのは？」

「対価が必要なら彼女に狩ってもらえばいい。それこそ価値のあるような『特殊魔獣』をね」

「と……特殊、魔獣⁉」

それを聞いて、俺は驚かずにはいられなかった。

『特殊魔獣』は伝説級のレア魔獣。

文献にのみ存在すると言われ、見た者の証言しか見つかっていないので存在すら疑われてる魔獣だ。

痕跡ですら過去に数例しか見つかっていない。それほどレアな魔獣を対価に家畜を分けてもらうと言うのか。

「あ、あの……お言葉ですが、特殊魔獣なんて」

「いる。ここから西の『ニュンペの森』にファウヌースと呼ばれる羊の王が棲んでいる。奴を捕獲、または討伐をして部位を土産にすれば、きっと家畜を分けてくれるはずだ」

「ひ、羊の王……それって、強いんですか？」

「わからん。噂では神に仕える獣と言われてる。だがアテナ君なら……」

「まぁ……確かに」

俺とゲンバーさんはルナをあやすアテナを見る。

大型魔獣ですら片手で一刀両断するアテナだ。羊の王くらい余裕だろう。

「……わかりました。じゃあ俺とアテナは『ニュンペの森』を経由して『パーンの集落』へ向かいます。家畜を貰ったら集落へ連れていきますから」

「ああ、頼む……君にばかり負担を掛けて、申し訳ない」

こうして、新たな目的地は決まった。集落には帰らず先に進む。

ゲンバーさんは俺の持っていた地図に新たなルートを記入した。

俺とアテナとルナは家に戻り、今後の方針を話す。

「えーっ!!　じゃあ帰らないで先に進むの!?」

「ああ。家畜が足りないらしいからな、先にある集落に掛け合って家畜を分けてもらう。そこでお前の出番だ」

「へ？　私の？」

「ああ。家畜はタダで貰えないから対価が必要なんだ。そこでアテナに特殊魔獣を討伐してもらってそれを土産にしたい」

「へぇ、特殊魔獣ねぇ……それって大型魔獣より強いの？」

「わからん。ほとんど幻の魔獣だからな、強いか弱いかもサッパリだ」

「ふぅん」

「まぁルナもいるし会える予感はする。名前はファウヌースっていうんだけど、知ってるか？」

「ファウヌース？　……ああ、『落神獣』ね。まさかこの世界でその名前を聞くなんて思わなかったわ」

「……は？　らく、しんじゅう？」

「ええ。簡単に言うと神界にいた神獣が、なんらかの形で人間界に落ちちゃったのよ。私たち神様は人間界にあまり干渉できないから基本的には放置してるわ」

「お、おいおい、そんなヤバい魔獣なのかよ!?」

「別に平気よ。神獣もバカじゃないし、人間に危害なんて加えようものなら、私が黙っちゃいないからね」

「ええと、じゃあ平気なのか？」

「ええ。私たち神様が人間界に干渉できるのは、命を生み出す時とそれぞれが司る役目を果たす時だけ。私だったら断罪、ルナだったら幸運みたいにね。だから偶発的な事故で落ちた神獣には干渉できないの」

よくわからんが、とにかく平気なのか？

アテナは俺の顔を見ながらヤレヤレといった感じで首を振る。

「ま、理解しなくてもいいわ。とにかくファウヌースは平気よ、殺しはできないけど説得すれば一緒に来てくれるかも」

「せ、説得？」

「うん。神獣には意思があるからね。ミネルバだってそうでしょ？」

『ぴゅい』

「いやまぁ……うん」

ミネルバはアテナの肩の上で鳴く。確かに意思疎通できるようだ。

「ファウヌースなら小型魔獣程度なら使役できるわ。集落に連れていけば周辺の小型魔獣を家畜にできるかもよ」

「そ、そうか……」

「何よ、信じてないの?」

「……頭がパンクしそうなんだよ」

とにかく、なんとかなるってことだけはわかった。

翌日。俺とアテナとルナは旅支度を済ませ、ゲンバーさんに挨拶をする。

「申し訳ないアロー君。キミに全て任せることに……」

「いえ。ニケの代表としてゲンバーさんは必要な人です。それに俺は領主ですから、パーンの集落にも挨拶に行かないと」

「ははは……そうだな」

俺とゲンバーさんはガッチリと握手を交わす。

「ジガンという人が護衛で来ますので、この手紙を渡してください。その人が代表です」

「わかった。くれぐれも気を付けてくれ。アテナ君も」

「もちろん。みんなも気を付けてね」

「必ず家畜を手に入れてきますから。集落で待っててください」

「ああ、頼むよアロー君」

俺とアテナとルナは、ニケの住人に見送られて出発した。

目指すは『ニュンペの森』だ。そこで神獣ファウヌースを説得して力を貸してもらう。

「よし!!」

俺は力強く頷き、胸元のルナを優しく撫でた。

第五章　羊の王ファウヌース

ニケの集落を出て二日、ニュンぺの森まではまだまだかかる。

ニケから続く林道を歩きながら、隣にいるアテナに聞いた。

「なぁ、ファウヌースって羊なんだよな」

「そうよ、モコモコして可愛いのよ。よく神界で枕代わりにして昼寝をしたわね」

「枕代わり……うーん、イメージできないな」

「見ればわかるわ。それに温厚な性格だから害はないし、強いて言えば臆病《おくびょう》だから人前には絶対に現れないわ」

「人前って、大丈夫なのか？」

「ええ。ミネルバに場所を探してもらって、私が会いたいって伝えてもらえば会えるわ」

アテナはとても頼りになる。戦闘はもちろん、俺の知らない知識なんかもあり、食べられる野草や木の実なんかを収穫したりもする。

ニュンぺの森までまだ距離があるし、手持ちの食料だけじゃ足りない。なので自然の恵みは旅に欠かせない。俺やアテナはともかく、ルナの食事だけはちゃんとした物を食べさせたい。

まさか赤ん坊に肉の塊を出すわけにはいかない。ニケの集落で赤ん坊が食べても平気な木の実や野草を教えてもらったり、調理法なども教えてもらった。

現にルナは、俺が作った木の実と野草のスープを残すことなく食べてくれた。

「くぅ……」

「よしよし」

俺の胸の中でルナは寝息を立てている。なんともまぁ、可愛い。

「ねぇアロー、今日の夕飯はどうするの？」

「考えてないけど……肉がいいのか？」

「うん。昨日食べた肉はスジっぽくて美味しくなかったから、今日は鳥肉を食べましょう。焼き鳥がいいわね」

「焼き鳥か……いいな」

「決まり!!」

アテナはニヤリと笑うと、地面に落ちていた石を拾う。

そのまま空を見上げると狙いを定めて投球体制に入った。

「ふふ……来い」

「おま、鳥ってここから狙うのか!?」

「当然で、しょっ!!」

アテナは石を全力投球。高速で飛翔した石は大きな鳥の頭に命中。きりもみ回転しながら落下してきた。

「大当たりっ!!」

「すごいな……マジで当てちゃったよ」

落ちてきたのは大きな黒い鳥だ。俺の身長くらいある鳥で、かなり食べ応えがありそうだ。

「ふふん、どーよ」

「お見逸れしました」

「よろしい。では調理をよろしくね」

「はいはい」

俺とアテナの旅は、こんな感じで続いていた。

街道沿いから少し外れた大きな岩の背で、野営をする。

近くに川も流れてるし、大きな岩のおかげで背後を気にしなくてもいい。

折りたたみ簡易テントを張り、夕飯の仕込みだ。鳥の羽をむしり取り、内臓の処理と血抜きをする。俺が摘んできた山菜と鶏肉の一部をスープにして、残った肉をアテナのリクエスト通り焼き鳥にする。

ルナには、すり下ろした果実と煮込んで潰した野菜を作り、先に食べさせた。

お腹いっぱいになったルナは眠くなったようだ。簡単に身体を拭いておしめを替える。するとすぐに眠ったので、簡易テントに入れて休ませる。

ルナの傍にはミネルバが護衛に付いた。なんとまぁ頼もしい護衛だろうか。

俺とアテナは、二人で夕食を食べていた。

「うん、美味しいわ。さっすがアローね」

「そりゃどうも。味付けが塩しかないのが悔やまれるぜ」

「でも美味しいわよ？」

「そう言ってくれるとありがたい」

アテナは美味しそうに焼き鳥を囓り、スープを啜る。

こんな笑顔で食べてくれると俺も嬉しい。作りがいがあるってもんだ。

アテナはあっという間に完食。俺もスープを飲み干し食器を片付けた。

「ほれ、あったまるぞ」

「お、ありがとね」

白湯《さゆ》に搾った果実汁を加えたフルーツティーをアテナに渡し、俺も同じ物を飲む。

辺りを照らすのは満点の星と月明かり、そして焚き火の炎。炎が揺れパチッと爆《は》ぜる。するとアテナが聞いてきた。

「ねぇアロー、あんたさ……まだサリヴァンを恨んでる？」

「当たり前だ」

俺は即答した。考えるまでもない。あいつだけは絶対に赦さない。

「あいつだけは許さない。俺の敵だ」

「ま、わかってたけど確認しただけよ。最近は人々のために頑張ってたから、復讐心が薄れてきたのかなって、ちょっと気になっただけ」

「じゃあ問題ない。この気持ちだけは絶対に風化しないから安心しろ」

故郷を、家族を奪ったサリヴァンは許さない。これだけは何があろうと絶対に揺らがない。

「じゃあ、許嫁と妹は？」

「……リューネは俺を裏切ったけど、正直どうでもいい。だけど昔みたいに仲良くすることはもうあり得ない。レイアは……どうでもいいな」

「どうでもいい？　なんで？」

「あいつらはサリヴァンの金や宝石に目が眩んで全てを捨てた。どんな人間にも欲望があるし、大きな欲に目が眩むのは仕方ない」

「ふーん。じゃあ赦すんだ」

「赦すとかじゃない、どうでもいいんだ。仮に目の前で魔獣に食われてもどうでもいいってことだよ、もうあの二人に特別な感情はない」

「へぇ……昔の婚約者とその妹でしょ？　自分を裏切った復讐はしないの？」

「別に。まぁ俺に擦り寄ってくるようならぶん殴ってやるけどな……あり得ないけど」

仮に、サリヴァンを殺してもアスモデウス領が崩壊するわけではない。

でも、妻であるリューネとレイアは未亡人となるだろう。アスモデウス家で重要な役職にでも就いていれば残れるだろうが、なんの能力もない金食い虫だったらすぐに捨てられるだろうな。

そこで再びセーレ領に戻るようなら……多分、アーロンが赦さないだろう。

父さんの執事のアーロン、彼なら取り戻したセーレ領を統治してくれる。

セーレ領がどうなってるかはわからない。

サリヴァンの言うことが正しいなら、周辺の山々の発掘を開始するだろうな。

「はぁ……」

「どうしたの？」

「……別に」

少しだけ、セーレ領に帰りたくなった。今、セーレ領はどうなっているだろうか。

「じゃあアロー、モエとかいうメイドは？」

見たことがないような冷たい目で俺を見たモエ。姉のようであり妹のような存在。

正直、リューネとレイアよりも付き合いが長く、モエが裏切ったことのがショックだった。

リューネとレイアに裏切られたことより、モエが裏切ったことのがショックだった。

「あの時……モエなら俺を信じてくれる、そう思ってた」

リューネとレイアが小綺麗なドレスを着てセーレ領に帰ってきた時、俺がアスモデウス領の重要書類を盗んだと濡《ぬ》れ衣《ぎぬ》を着せられた時。アスモデウス領に連行された時。

俺を見るモエの視線……それは、無感情だった。

「でも、モエは何もしなかった。モエは冷たい、見たこともない目で俺を見ていた」

食事を運んできたモエは、職務を遂行するただのメイドだった。

俺を叱り、甘やかしてくれたモエはいない。ずっと信じていたモエは、どこにもいなかった。

「あいつは……モエは俺を裏切ったんじゃない。メイドの職務を全うしただけなんだ」

俺と一緒にいたのも、父上に雇われたから。俺の面倒を見ろという職務命令だったから。

だから、父上が死んでモエは解放された。

「モエは初めから、俺のことを裏切ってない……仕事が終わっただけだ」

「ふーん。じゃあ怒ってないんだ」

「わからん……はは、なんか笑えるよな。俺と一緒に育ったメイドは、仕事だから一緒に笑っていただけなんだよ」

　勝手な想像かもしれない。だけど、そう思うことでモエに対する気持ちにケリを付けた。

「アロー、あんたさ……モエが好きだったの？」

「……うん」

「もしかして、初恋？」

「かもな……」

失恋ではない。モエが俺を好きなんてあり得ない。だってモエは、仕事で俺と一緒に笑っていたんだ。そうじゃなきゃ、あんな冷たい目で俺を見ないはずだ。

「はは……なんか、お前に言われてスッとしたよ」

「そっか。アローの初恋は終わったのね」

「ああ」

「じゃあ、新しい恋を探すの？」

「……わからん。今は生きることで精一杯だしな」

「ふふ、私で良ければ相手してあげる。人間の一生で恋をするなんて滅多にできない経験だしね」

俺はアテナを凝視する。アテナはイタズラっぽく笑い、人差し指を口に添える。

「……お前、ウソだろ？」

「くふふ、引っかかったわね。私はそんなに軽い女じゃないからね!!」

「……ははは、この野郎」

「でもね、あんたのことは気に入ってる。もっと格好良くなったら、考えてあげる」

「いや、お断りします」

「はぁ!?　この女神アテナの求愛を断るですって!!」

「静かにしろって。ルナが起きちまう……あぁもう、言ったそばから」

アテナの大声にルナが起きたのか、テント内から泣き声と鳴き声が聞こえてきた。どうやら泣いてるルナをミネルバがあやしてるのだろう。

「おいアテナ、ルナを落ち着かせるから来い」

「はいはい、全くもう……」

「おい、お前の責任だからな？」

俺とアテナは、ルナとミネルバが待つテントへ入った。

歩きでの旅はなかなかキツい。

アテナは剣を振り回しながら楽しそうに歩いてるが、俺は少し疲れていた。

背中には旅のリュックを背負い、胸にはルナを抱いている。アテナは俺より大きなリュックを背負っているが、弱音を吐いたことなど一度もない。

「アテナ、疲れないのか？」

「ん？　別になんてことないわよ。もしかしてアロー、疲れたの？」

「……いや、余裕だ」

「なら行きましょう。予定では今日中に森の入口に到着するのよね？」

「あ、ああ」

ニュンペの森まではあと半日ほどの距離だ。

俺たちが歩く道は街道というよりは『獣道』という表現が正しい。

恐らくだが、中型魔獣が何度も行き来をして道ができたのだと俺は予想した。

踏みしめられた草木に足を取られないように、一歩一歩確認しながら歩く。

俺だけならまだしも、ルナを抱えた状態で転ぶのは絶対に避けなくてはならない。前のめりに倒れでもしたら、ルナが大怪我をする。

しばらく歩き日も傾いてきて、ニュンペの森の入口近くまで到着した時だった。

「お、この感じ……今日の夕飯が来たわね」

「マジか……」

アテナは、全ての魔獣を食材としか見ていない。

小型も中型も大型もアテナにとっては全て同じ。美味しい肉かそうでないかぐらいの違いしかないのだ。

すると、アテナが睨んだ通り、四足歩行の中型魔獣が現れた。

「こいつは『ワイルドバッファ』だ。上質なサシの入った高級肉だぞ」

「むっふっふ……その情報は私を本気にしたわ」

「あぅ？」

「よしよし、これもルナのおかげかな」

実際、出てくる魔獣は高級な食材の魔獣ばかりだった。

肉には全く困っていない。しかも周囲には山菜が豊富にあるので食物繊維にも困っていない。

アテナが強すぎるおかげで、現れる魔獣に対して驚くことはなくなっていた。

「じゃ、頼むぞアテナ」

「任せて。今夜はステーキと……肉鍋ね!!」

「野菜も食えよ……」

俺は近くに生《は》えてる山菜を収穫しようと振り返った。

時間もちょうどいいし、ここらで山菜を確保して夕飯の支度と野営の準備をしようと荷物を下ろした時、俺の後ろから『ワイルドバッファ』の断末魔が聞こえてきた。

「アロー、言われた通り血抜きをしたわよ!!」

「ごくろうさん。じゃあ解体も頼めるか?」

「ムリ。グロい」

「お前な……」

ワイルドバッファの動脈がスッパリ切られ、そこから噴水のように血が噴き出した。

心臓が動いているうちはこうやって血抜きをする。

とりあえず肉は置いといて、テントの準備とかまどの準備をする。

火をおこして鍋に湯を沸かし、アテナに言った。

「アテナ、ちょっと山菜を確保するから、ルナを頼む」

「はーい。早く帰ってきてね」

早く帰ってきてね。つまりさっさと肉を解体して食事の支度をしろってことだ。

アテナの考えもだいぶわかるようになってきた。俺はテントから離れないように、近くの藪から林の中へ。

「えぇと……まずは」

山菜と言ってもいろいろある。

野草だけじゃなく、地面の下にある山芋や、キノコなんかがあればもっといい。ルナの幸運のおかげで食材にはホント困らない。アテナはともかくルナは女神なのは間違いないな。

「お、これは確か『ウメタケ』か。炙《あぶ》ってタレを付けて食うのが絶品なんだよな」

腐った丸太に生えてるのは、高級食材の『ウメタケ』だ。

鍋の材料にもなるし、軽く炙ってそのまま食うのもいい。

生えてる分を全て収穫し、次の食材を探そうとした時だった。

『ぴゅいーっ!!』

「ん？　……なんだ、お前か」

『ぴゅいっ、ぴゅいっ!!』

チビフクロウのミネルバが俺の肩に止まった。

こいつは俺に触られるのを嫌がるくせに、俺の肩や頭には平気で止まる。しかもバカにしたように羽ばたくからタチが悪い。

「なんだよ。腹減ったのか？」

『ぴゅいっ!!　ぴゅいーっ!!』

「わからん。ちゃんと喋れって……ムリか」

『ぴゅいーっ!!』

「いでででっ!?　耳を噛むな耳をっ!!」

この野郎。俺の耳をグイグイ引っ張りやがる。

止めさせようと手を伸ばすと、ミネルバはひらりと躱して飛んだ。

『ぴゅいーっ!!』

「あーもう、なんだよ!?」

『ぴゅいっ』

ミネルバは羽ばたいたまま林の奥を見ては振り返る。

まるで奥に何かあると言わんばかりの動きだ。

「付いてこいって？」

『ぴゅい』

「うーん……」

『ぴゅいーっ!!』

「うわ!?　わ、わかったわかった」

このチビフクロウ、威嚇《いかく》してきやがった。

仕方ない、気が乗らないが付いていくとしますかね。

ミネルバに付いて歩くこと数分。

林の中は薄暗く、日も暮れ始めてることから僅かな時間経過でも暗さを増していく。

ミネルバは相変わらず先に進むし、こりゃ止めるしかない。

「ミネルバ、暗くなってきたしもう帰ろう。アテナが心配する……いや、しないか」

『ぴゅい』

　そこは同意なのか、ミネルバは小さく頷く。するとミネルバは俺の肩に止まった。

『ぴゅ、ぴゅい』

「ん？……あそこ？」

　パタパタと肩の上で羽ばたくミネルバ。

　俺はここが目的地なのかと周囲を見渡すと、地面に大きな穴が開いているのを見つけた。

　周囲は開けてるし、草木が押し潰されてるような場所……ここはまさか。

「これは魔獣の棲家《すみか》だ……この穴、もしかして」

　俺は警戒しつつ穴に近づき中を覗き込む。穴は深く、魔獣の死骸や骨が散らばっていた。

「やっぱり……これはエサ入れだ。おいおいミネルバ、こんな場所になんの用事が」

『た、助けてくれ〜』

「え？」

　どこからか、声が聞こえた。まさかと思い穴を覗き込む。

『だ、誰か助けてくれ〜っ、このままじゃ、わては魔獣のエサや〜』

　変な喋りの男の声だ。だが、それは男ではなかった。

「え……ま、魔獣？」

『お!?　自分、人間か!!　こりゃ神の恵みや、わてを助けてくれや!!』

「しゃ、喋ってる……何、お前？」

『頼むで〜、散歩してたら穴に落っこちてしもうたんや。わては非力で弱い生物なんや、こんな穴登るなんてできへんのや』

「あ、そう……で、お前何？」

『あぁ、わてはファウヌース。偉大なる羊の王や!!』

「え、ファウヌース？」

穴にいたのは、一メートルほどのモコモコした羊だった。

毛並みは桃色で顔は白く、短い巻き角が二本生えている。

可愛らしくて愛嬌があるが、独特の喋りをしていた。

『兄さん、わてをここから引き上げてくれんか？　礼はするで』

「……えーと」

『なんや迷ってるんか？　わては見たままの可愛らしい羊やで？　助けてくれたら礼もするし、わての身体をフカフカしてもええで。だからさっさと引き上げてくれやぁ』

「うーん……なぁミネルバ、お前がここに連れてきたのって」

『ぴゅい』

『ん？　……そのフクロウ、どこかで』

するとミネルバが穴に下り、ファウヌースの前でホバリング。

ファウヌースはミネルバをジロジロ見ると、ガバッと後ずさった。

『みみみ、ミネルバはん!?　ななな、なんでこないな場所に!?　じゃじゃじゃあ、まさかアテナはんもおるんか!?』

「アテナなら近くにいるよ。多分俺を待ってると思う」

『ほ、ホンマでっか!?　なんで女神が人間界に!?』

「いや、いろいろ事情があってな。それに、俺たちの目的はお前だったんだよ」

『へ？　わてでっか？』

「ああ。ちょっと待ってろ」

ミネルバがファウヌースの頭の上に着地。俺は近くの樹《き》に巻き付いていた蔦《つた》を剣で切り、穴の近くの樹に巻き付けて即席のロープを作った。

そのロープを伝い穴の下まで下りると、ピンクの羊と対面する。

『うーん……ミネルバはんがおるんなら間違いないなぁ。アテナはんはどうして人間界に？』

「詳しい話は後。とにかくここから出よう」

『へへへ、よろしゅう』

俺は背中にファウヌースを乗せてロープで固定。再び蔦を登って穴から這《は》い上がった。

俺の背中から下りたファウヌースは、空気をいっぱい吸う。

『いや〜助かったわ。おおきに、兄さん』

「ああ。まさか森の入口でお目当てのヤツに会えるなんて思ってなかったよ。さっそくで悪いけど、メシの支度の途中なんだ、一緒に来てくれるか？」

『もちろんやで。わても腹が空いてるんで、よければ……』

「もちろん。話したいことや頼みもあるしな」

こうして俺は、なんの苦労もなくファウヌースと出会った。

ルナの影響なのかミネルバのおかげなのかはわからないが、この喋るピンクの羊は話せば力になってくれそうな気がする……でも、まずは夕飯の支度を急がないとな。

ピンクの羊ファウヌースを連れ、アテナとルナの待つキャンプへ戻った。

俺の手には山盛りの山菜籠があり、ついでに近くで自生していた果物も収穫した。

これから起こるであろう事態に備えて。

「た、ただいま～」

「おっそいっ!!」

そう、アテナの怒り。

ファウヌースの救出と、摘み直した山菜、果物の収穫が重なり、時間をだいぶ消費してしまったのだ。

俺の肩に止まっていたミネルバは上空に避難……いや、逃げた。

「どこほっつき歩いていたのよ!!　……って、あれ？」

『ど、どもども、アテナはん』

「ふぁ、ファウヌースじゃない!?　なんでここに？　しかもアローと一緒？」

「ええと、とりあえず説明するよ」

「夕食が先。私とルナはずっと待ってたんだからね」

「う、は、はい」

『ルナって、フォルトゥーナはんもおるんでっか？　おおお、ずいぶんと久しいでんなぁ』

「あんたはこっち、ルナに会わせてあげるわ」

『すんませんなぁ。ではアローはん、食事を頼んまっせ』

「へいへい」

食事が遅くなったのは俺のせいじゃない。

誰が悪いかと言えば、落とし穴に落ちたファウヌースのような気がするが……まぁ、気にしてもしょうがない。さっさとメシの支度をしますかね。

「ほら、この子がルナよ」

『おぉ～カワイイ……って、赤ん坊!?　どういうことでっか!?　あれ、それによく見たらアテナはん、なんか身体が子供になっとりませんか!?　一体全体何が!?』

「落ち着きなさい。あんたが地上に落ちてからいろいろあったのよ、その辺りの説明もしてあげる」

『は、はぁ……』

「あぅぅ」

ピンクの羊ファウヌースはモコモコの身体を揺らしている。

アテナはシートの上にファウヌースを移動させて座らせ、そのモコモコの身体をクッションのようにして寄りかかった。

「なーんかこうするのも久し振りね。神界にいた頃はこうやってあんたを枕代わりにして昼寝したモンだわ」

『ま、神界の頃より身体はかなり縮みましたけどね』

「十分なサイズよ。ふわぁ……」

『アテナはん、さっそく聞きたいことがあるんですけど』

「……」

『アテナはん？　……ありゃ』

アテナは、ファウヌースを枕にしたまま眠っていた。

騒がしいアテナが寝ているうちに、ルナの食事を先に用意する。

すり下ろした果物と、細かくちぎったパンを混ぜ合わせた簡単な物だ。

あり得ないと思うが、念のため確認しておく。

「なぁ、お前って乳は出るのか？」

『あんさん、わてはオスでっせ』

「だよな」

新鮮な乳があれば良かったんだが、贅沢は言えない。

まず食事をルナの元へ。ルナを寝かせてる籠の縁には、見守るかのようにミネルバがいた。

「ミネルバ、今日はありがとな」

『ぴゅい』

俺はアテナが解体したワイルドバッファの肉を少し削り、ミネルバの口元へ持っていく。

するとミネルバは口を開けて俺の手から肉を喰らった。

「美味いか？」

『ぴゅいいっ』

「あう、あうぁ」

「おっと、悪い悪い、すぐご飯にするからな」

「あー、あぅあ」

ルナは必死に手を伸ばして俺の持つ皿へ。お腹が減っていたんだろう、申し訳ないことをした。

俺はルナを抱き上げて食事を与える。

「さ、簡単で申し訳ないけど、あーん」

「あーう」

木のスプーンで離乳食を掬い、ルナの口へ。ルナは好き嫌いすることなくパクリと食べる。

「美味いか?」

「あうー」

可愛いなぁ、この笑顔に癒やされる。

一口二口と離乳食を与えると、待ちきれなかったかのようにモグモグ頬張る。

気が付くとすっかり完食し、背中をさすってゲップをさせた。

「ミルクをあげたいけど……」

俺はファウヌースを枕にして眠るアテナを、正確にはアテナの乳を見る。

同世代にしては立派だと思う。見たことはないが、リューネとレイアとモエよりも立派だ。もしかしたら可能性は——。

「んなわけないか」

『あんさん、恐ろしいことを考えますな。アテナはんにバレたら殴られまっせ』

「うっさいな、仕方ないだろ」

ファウヌースを黙らせルナを籠に戻すと、ミネルバが再び縁に止まる。

このチビフクロウはルナにおもちゃにされつつも離れようとしない。小さな足にはゴム製のサックがはめられ、爪でルナが怪我しないようにしてる。これはアテナが着けた物だ。

「さて、こんどは俺たちの食事だ」

『兄さん、豪勢に頼んまっせ』

「はいはい。待たせた分たっぷり肉を焼くからな」

肉をガッツリ焼いてる途中でアテナが起き、これでもかとつまみ食いしやがった。

骨付き肉と肉鍋を作り、ファウヌースにもたっぷり肉を出してやる。

「んふー、相変わらずアローの料理は美味しそうね」

「そりゃどうも、ってかお前、つまみ食いしすぎ」

「お腹減ったんだもん、いいでしょ別に」

「はいはい……」

こうしてたっぷり食事を満喫し、残った肉は保存食にしておく。

食後にはカップにフルーツティーを注ぎ、ファウヌースにいろいろ話をすることにした。

長いようで短かったが、本来の目的を説明する。

俺はファウヌースに事情を説明した。

集落に家畜が足りないこと、これから向かうパーンの集落で家畜を分けてもらうこと、そのためにファウヌースに協力してもらいたいということ。

本来はファウヌースを土産にして家畜を分けてもらうつもりだったが、ファウヌースは小型魔獣程度なら使役できるというので、ファウヌースが集めた魔獣と家畜を交換できないか交渉するつもりだ。

「というわけで、魔獣を集めて欲しいんだ」

『なーるほど、そりゃ面白そうでんな』

「どーせ何千年も人間界で暮らしてるんでしょ？　ちょっとぐらい私たちに付き合いなさいよ。私が死んだら神界に連れて帰ってあげるからさ」

『人間界は居心地がええしメシも美味い。でも神界のメシも懐かしゅうなってきたなぁ……』

「ほんの百年くらい人間たちに付き合いなさいよ。歴史に名を刻むのも悪くないんじゃない？」

スケールのデカい話になったな……ほんの百年って、普通に考えたらあり得ないぞ。

ピンクの羊ファウヌースは、モコモコの身体を揺らす。

『よっしゃ、このファウヌース、兄さん……アローはんに付き合いますわ』

「おお、ありがとな」

「これで家畜の問題はほとんど解決したわね」

「ああ。でもファウヌース、どうやって魔獣を集めるんだ？」

『ああ、簡単でっせ』

するとファウヌースは立ち上がり、顔を上げて高らかに叫んだ。

『メヘヘヘヘェェェエェッ!!』

「うわっ!?」

キィンと響くような鳴き声に、俺は思わず耳を塞《ふさ》ぐ。

かなりの音量だったのに、アテナとルナは平然としていた。

「ファウヌースの声は魔獣を魅了するの。声を聞いた魔獣はファウヌースの支配下に置かれるわ」

『ま、小型魔獣程度ですがねぇ。本来の姿なら大型でも楽に使役できたんですが』

「へぇ……ん、うわっ⁉」

「あ、来たみたいね」

現れたのは、数匹の黒い羊だった。

ファウヌースよりも大きい羊で、身体も毛も真っ黒な中型の羊だ。

「ぶ、ブラックシープだ。こんな夜に出てくるなんて」

『朝だろうが夜だろうが関係ないわ。ファウヌースの声を聞いた小型魔獣はもう逆らえない』

『悪いなぁ、ちょっと協力してもらうで』

『『メヘヘェェッ』』

現れたブラックシープは三匹。コイツらの毛は柔らかく柔軟性があり、洋服や下着に使われる。肉は食えないが羊毛として重宝するだろう。

すると、アテナがブラックシープを撫でる。

「うん、ちょっと獣臭いけど、ベッド代わりにちょうどいいわね」

『わてを枕にするんは変わらないんやな……』

「アロー、あんたもこっちで寝ていいわよ」

「あ、ああ……」

『アローはん、今日はこんなモンにして寝ましょ』

ファウヌースとブラックシープが並ぶように座り、アテナはそのモコモコの毛をベッド代わりにする。俺は横に並んで座った二匹の上に寝転がった。

「お、温かいな……」

「でしょ？」

『さ、今日は寝ましょか』

モコモコの毛は確かに獣臭いが、それ以上に柔らかく温かい。

まさかこんな簡単にファウヌースが魔獣を呼び寄せるなんて考えてもいなかった。

「ふぁ……」

「ぐぅ……」

アテナはいつの間にか眠っていた。欠伸《あくび》をすると睡魔が襲ってくる。

俺はブラックシープの頭を撫でて眠りについた。


翌朝。ブラックシープの背中で目が覚めた俺は、近くの川で顔を洗い朝食の準備に取りかかる。

昨日の肉の残りに山菜を混ぜてスープを作り、残しておいたパンを出す。

パンはこれでおしまい、後はパーンの集落で分けてもらうしかない。

すると、ニオイのせいかアテナが起きた。

「ふあ……おふぁよ」

「おはよう、すぐ朝食の準備ができるから、顔でも洗ってこい」

「うん……」

「ついでにルナのオシメを替えてくれ」

「はーい」

チラリとルナの籠を見るとミネルバがいない。

多分、自分の朝ご飯を獲りに行ったんだろう。更に今度はピンクの羊ファウヌースがモゾモゾ起きる。

『ふぁ～……アローはん、おはようさん』

「おはようファウヌース、パンでいいか？」

『もちろんでっせ』

「そうだ、ブラックシープは……」

そう思って黒い羊を見ると、地面に生えていた雑草をモリモリ食べていた。

どうやら草食らしいな。手間も掛からないしエサを探す必要もない。

俺が大きな鍋に水を入れて三匹の前に出してやると、美味しそうにゴクゴク水を飲んでいた。

「今日は頼むぞ」

この三匹には仕事を任せることにした。

まず二匹は俺とアテナの乗り物で、もう一匹は荷物の運搬役に使えないかと考えていた。

手綱はないので頭に生えてる角に木の蔦を巻いて手綱代わりにし、荷物は蔦でブラックシープの身体に固定できる。

ブラックシープは体力と持久力に優れ、急な勾配の山肌や地面を難なく進む脚力を持っている。

体毛は柔らかく丈夫で温かい高級品で、防寒具や下着などの素材には持ってこいだ。

肉は硬くて不味《まず》いから食えない。だが働き手にはうってつけだ。ブラックシープがたくさんいれば困らないぞ。

「パーンの集落にブラックシープを土産に持っていけば、家畜を分けてくれるかもな」

『そういえば、家畜が欲しいんでしたな？　ほんならベリーピッグやワイルドベアの群れでも探して連れてきましょか？』

「い、いやいいよ。それだとここまで来た意味ないし、せっかくだしパーンの集落へ行って協力してもらうよ。やっぱり、訓練された家畜と、野生の魔獣じゃ違うからな」

『面倒でんなぁ……』

それは仕方ない。

そもそもファウヌースがこんな便利なヤツだとは思わなかったからな。

まさか鳴き声だけで魔獣を使役できるなんて普通は思わない。それに俺は領主だし、ここまで来たらちゃんと領民に挨拶はしておきたい。

ちゃんと事情を話して協力してもらう。あくまで人間らしくできる範囲でやるのがいい。

必要な時になったらファウヌースに頼んで力を貸してもらおう。

「アロー、オシメを替えたわよー」

「おお、ありがとな」

アテナはルナを抱っこしてる。

ルナが落ち着いてるところを見ると、どうやらミネルバが帰ってきたらしい。よく見るとアテナの肩にちゃんと止まっている。

手早く朝食を済ませ、さっそく準備を始めた。

森の中から蔦を採り、ブラックシープの角に巻き付けて手綱代わりにする。

リュックや雑貨などを蔦でブラックシープの身体に固定すると、特に嫌がりもせずにおとなしかった。まぁファウヌースの魅了のおかげだろうが。

「なーるほど、考えたわね。こいつらを馬代わりにするのね」

「ああ、歩きじゃキツいしな。これなら体力を消耗せずに進める」

「いいわね。じゃあ私はこっちー」

「どっちも同じだろ……」

アテナは子供っぽい。どっちも黒い羊だろうが。

「ファウヌース、あんたは歩きで我慢しなさいね」

『わかっとります。アテナはん』

「悪いなファウヌース」

『いえいえ』

ルナは相変わらず俺が抱っこ。背中の荷物がなくなっただけでもかなり楽だ。

「よし、出発だ」

「さぁ歩きなさいブラックシープ!!」

『『『メェエェッ』』』

のんきな鳴き声を出し、ブラックシープは歩き出した。

のっしのっしとゆっくり歩くが座り心地もけっこういいし、揺れもそんなにない。

歩くよりも断然速いし気持ちいい。

「こりゃいいな、馬代わりにピッタリだ」

「この子たちは大当たりね。よくやったわファウヌース」

『へへへ、おおきに』

さぁて、パーンの集落までもう少しだ。


ニュンペの森を歩くこと数日。

ブラックシープのおかげで体力を消耗することなく森を抜けることができた。

魔獣などにも遭遇せず、出てきても小型魔獣ばかりだったので、俺たちの食事用に確保する以外はファウヌースに追っ払ってもらう。アテナはデカい魔獣が出てこないと文句を言っていたが、俺としてはありがたい。

「ねぇアロー、まだ着かないの？」

「もうすぐだ。ええと、多分今日中には到着する」

俺は地図を確認してみたが、距離的にそう遠くない。

位置的にパーンの集落の生活圏内に入ってるのは間違いない。その証拠を俺は見つけていた。

「見ろよアテナ、あそこの木」

俺の指さした木を見ると、その木には矢が刺さっていた。

恐らく、この周囲で狩猟が行われているんだろう。

「それに、道も規則的に踏みならされてるし、日常的にここを馬が走ってるんだろう」

「じゃあもうすぐ到着ね!!　はぁ、集落に着いたら湯浴《ゆあ》みをしたいわ」

「交渉してみるから安心しろよ。ルナも風呂に入れてやりたいからな」

「んふふ、はーい」

そして、ついに見えてきた。魔獣避けの木の囲いの先に数件の建物が見える。

建物と言っても木造ではなく、薄い茶色で半円状のテントみたいな物だ。

「やっと到着したか……」

「すんすん……なんか獣臭がするわね」

「多分、家畜の匂《にお》いだろ」

『確かに、集落から何匹もの魔獣のニオイがしますな』

「そうなのか。ああファウヌース、家畜の魔獣を魅了するなよ」

『わかっとります』

ピンクの子羊はコクコク頷く。

こうして見ると可愛いな。アテナが枕にして寝たがるのもよくわかる。

集落入口近くまで行くと、中にいた何人かの狩人が俺たちに気が付いた。

人数は三人、それぞれ弓と矢を持っている。

「何者だ!!」

俺は両手を上げ、敵意のないことをアピールする。

アテナはブラックシープから下りると俺の乗るブラックシープの隣に立つ。

俺は精一杯の大声で叫んだ。

「俺はニケの集落から来たアロー・マリウス!!　集落の長に会いたい!!　こちらに敵意はない!!」

一言二言を大声で叫んだ。するど騒ぎを聞きつけたのか、何人もの狩人が出てきた。

当然ながら全員が弓と矢で武装している。俺は懐からニケの集落長ゲンバーから預かった書状を取り出す。

「ここにニケの集落長ゲンバーから預かった書状がある。どうかこれを読んで協力して欲しい!!」

アテナが口笛を吹くとミネルバが俺の肩に止まる。

俺が書状をミネルバに差し出すと、それを咥《くわ》えてミネルバは一人の狩人の元へ向かう。

ミネルバに向けて何人かが矢を番《つが》えたが、代表と思しき狩人が手で制し、書状を受け取る。

狩人は書状を広げて中を読むと、表情を変えずに言った。

「暫《しば》し、そこで待て」

狩人は何人かの狩人を連れて集落の中へ戻る。それ以外は俺たちをジッと監視していた。

「なーんか感じ悪いわね」

「仕方ないな。今まで交流なんてほとんどなかったらしいし」

「あぅあ、あうあ」

「ん？　ああ、腹減ったのか。もうちょっと待ってくれよ」

「あー、私もお腹減ったわねー」

「お前なぁ……もう少し緊張感持てよ」

アテナは大きく伸びをすると、お腹を押さえた。アテナはともかく、こんな監視されてる状況でルナに食事をやることはできない。

俺は揺り籠のように身体を揺らし、ルナをあやす。

『アローはん、わては喋らん方がええんやろ？』

「ああ。頼む」

『ほな、黙っとるわ』

ファウヌースはとりあえずピンクの子羊ってことにした。力を貸すのはいいけど見世物にはなりたくないらしいし、下手に騒がれて攫《さら》われでもしたら厄介だしな。

まぁアテナがいるからそんな心配はしてない。すると、書状を渡した狩人が戻ってきた。

「ニケの使者よ、長が会ってもいいそうだ」

「あ、ありがとうございます」

「だが、監視はさせてもらう。いいな」

「はい」

「むー、やっぱ感じ悪いー」

「おいアテナ、黙ってろ」

「はいはーい」

アテナは再びブラックシープに跨《またが》り、狩人の案内で集落の中へ歩き出す。

両側を数人の狩人に監視されながらの移動だ。アテナじゃないけどかなり警戒されている。

とにかく、まずは長に会って話をしよう。


パーンの集落は今まで見たどの町や集落よりも変わっていた。

まず、建物と呼べる建築物がない。あるのは大きな革製のテントで、集落というよりはキャンプと呼んだ方が正しいかも知れない。そして、頼みとなる家畜の存在だ。

「ランドタイガーにビッグバイソン、ミルボアにウィンドホース……どれも危険な魔獣じゃないか」

「わぁ、すごいわねぇ」

両サイドを狩人に固められていたが、思わず声が出た。狩人は誇らしげに言う。

「彼らは私たちパーンの狩人が使役するモンスターであり相棒だ。純粋な家畜もいるが、モンスターは主に乗り物や狩りのバディにするんだ」

「へぇ……」

「なーるほどね」

小さな子供たちも魔獣を連れている。赤ちゃん虎や牛、小さなポニーに跨ってる子供たちだ。

狩人は意外と親切に説明してくれる。

「ああやって子供の頃から魔獣と共に生活させる。そうすればどんな魔獣でも心を開いて家族のように接してくれるんだ」

「なるほど……それが魔獣を使役できる理由なんですね」

「ああ。パーンの狩人と魔獣は切っても切れない関係なんだ」

ここまで説明すると、狩人は俺たちに質問をしてきた。

「我々としては君たちのことが気になる。気性の荒いブラックシープをどうやって手懐《てなず》けたんだ？こんなにもおとなしく人間を背に乗せるブラックシープは初めて見たぞ。それにこの桃色の羊はなんだ？　我々狩人も初めて見る魔獣だ」

「ええと……」

ブラックシープの前をちょこちょこ歩くファウヌース。俺とアテナを乗せてのしのし歩くブラックシープ。傍《はた》から見ると変な組み合わせだよな。若い赤子連れの男女で黒と桃色の羊を連れた旅人なんてさ。

「まぁいい。話は長にしてくれ」

「は、はい」

「ねぇアロー、ルナにご飯あげなきゃ」

「そうだけど、少しだけ待っててくれ」

「あぅぅ、あう」

おんぶ紐を前に掛け、ルナを優しく抱きしめる。ルナは嬉しそうにキャッキャ笑う。実に可愛らしい。すると、一軒のテント前で狩人が立ち止まる。

「到着した。ここが長の家だ」

魔獣の骨で入口が装飾されたテントだ。他のテントとは違い、大きさも他の倍はある。

狩人の一人が中に入り、俺とアテナはブラックシープから下りて待つ。すると中から狩人が出てきた。

「入れ」

「……はい、失礼します」

「ファウヌース、シュバルツ、ノワール、ネロ、おとなしく待っててね」

「は？　……なんだって？　シュバルツ？」

「この子たちの名前よ。いつまでもブラックシープじゃ見分けが付かないじゃない」

「……まぁいいや」

どうやらアテナは三匹のブラックシープに名前を付けていたようだ。

まぁ別にいい。どれがシュバルツでノワールでネロなのか俺には区別が付かないが。

とにかく、俺たちはパーンの長のテントに入った。

テントの中は広い。椅子やテーブル、かまどなどの設備に、藁を敷いた簡易ベッドしかない。

すると、カーテンで仕切られた奥から声が聞こえてきた。

「来たか。こっちへ来な」

「え、あ、はい」

流石に驚いた。何故なら、聞こえてきたのが若い女性の声だったからだ。

俺とアテナとルナは奥のカーテンを開けて中へ。

「はじめまして。アタシがパーンの集落長ウェナティオだ。長いからウェナでいい」

「えっと……はじめまして、自分はアロー・マリウス。このマリウスの領主を任された者です」

「私はアテナ、こっちはルナよ。よろしくね」

「ルナ？　……赤子か」

「は、はい」

ウェナさんはぎりぎり二十代ほどだろうか、浅黒い肌にかなり鍛えられた肉体をしている。

服装もかなりラフで、胸を覆うサラシに魔獣の革を加工して作ったようなズボンのみ。スタイルもかなりいいので目のやり場に困る。髪の色は真っ黒で長く、かなり乱雑に結ばれバンダナを巻いていた。俺とアテナは椅子を勧められて座る。

「赤子連れの領主か。夫婦で使者とはな」

「いや、その、夫婦ではありません。アテナは護衛ですよ」

「そうよ。勘違いしないでよね」

「そうなのか？　ではその赤子は……いやすまん、どうでもいいことだな。まずは用件を聞こうか」

ウェナさんは、何故かルナが気になるようだ。

俺の胸の中でスヤスヤ眠るルナを抱きかかえつつ、俺はここに来た理由を書状の中と照らし合わせながら説明する。

ウェナさんは相槌《あいづち》を打ちながら、俺の顔と胸元のルナを見つつ聞いていた。

「……そこで、この集落の家畜を分けていただけないでしょうか。もちろんお礼はします」

「なるほどねぇ……ニケの集落が壊滅、そしてお前の集落と合流か」

「はい。畑や水田を作るにも家畜がいるといないでは違います。まだ病み上がりのニケの集落の人たちでは作業はキツいだろうし」

ニケの集落の家畜は全滅だった。集落の住人も一気に増えるし、馬や羊は確保しておきたい。

するとウェナさんはニヤリと笑う。

「いいだろう。家畜を譲ってもいいが、条件がある」

「本当ですか!!　……条件？」

「ああ。大したことじゃない、アタシたちパーンの住人もお前の集落に迎えて欲しい」

「……え？」

予想外の条件に俺は固まる。するとウェナさんは説明を続けた。

「集落を見て気付いたと思うが、アタシたちパーンの狩人は一カ所に留《とど》まらず住居を転々とする。魔獣の繁殖《はんしょく》期に場所を変えて狩りをして食料を備蓄するんだ。来たるべき冬に備えてね」

「ええと、つまり？」

「実は、次の住居先に向かう道が崖崩れで通行できなくなってね、遠回りするルートもあるが危険な道になるし、鍛えられた狩人ならともかく、鍛えてない女子供を連れて進むにはリスクがある。備蓄の食料だけじゃ一冬越すには厳しいし、どうしたもんかと悩んでたんだよ」

「なるほど。そこで俺たちの集落に」

「ああ、一冬面倒を見てくれたら家畜はプレゼントしてやる。それに冬が来る間、周辺の魔獣退治をしてもいい。アタシたちは狩りはできても作物は育てられないからね、冬でも作れる野菜や果物もあるんだろう？」

なるほど。これから冬になるし、特定の魔獣は冬眠に向けて動きが活発になる。つまり集落が襲われたりする可能性もあるってことだ。

狩猟民族であるパーンの人たちは知らないだろうが、冬に種を蒔《ま》いて育てる作物もある。冬は雑草も生えないし手入れも楽だしな。

かなりの好条件だ、これは受けてもいいだろう。集落の敷地はかなり広いし、パーンの狩人たちはテント暮らしだ。家を建てる必要はないだろうしな。

「わかりました。その条件でお願いします」

「交渉成立だね」

俺は立ち上がり、ウェナさんと握手した。これで家畜問題はクリア、また集落に住人が増えた。

「こっちも支度があるからね、出発は五日後だ。それまではアタシの家を好きに使っていい」

「はい。ありがが」

「ふぇ……ふぇぇぇぇんっ!!」

突然、ルナが泣き出した。俺は慌ててルナを抱っこして身体を揺らす。だが全く泣き止まない。

「ああもう、何してんのよアロー」

「わ、悪い。すみませんウェナさん」

「いや……」

「ほーらベロベロ〜」

「ふぇぇぇぇんっ!!」

アテナのベロベロも効かず、肩に止まったミネルバの羽ばたきもまるで効果がない。

すると、それを見かねたウェナさんが言う。

「全く、なってないね」

「え？」

「貸してみな」

ウェナさんは俺からルナを取り上げる。

ゆっくりと慣れた動きで身体を揺らすと、ルナは徐々に泣き止む。

「見てみな、抱き方が悪いからこの子はぐずったんだ。それにほら」

「あぅぅ」

ウェナさんが人差し指をルナの口に持っていくと、ルナは指をチュパチュパと音を立てて吸い始める。

「お腹が空いたんだねぇ、ちょっと待ってな……」

「ぶっ!?」

「え、ちょ、何してんのよあんた!?」

なんとウェナさんは、片方の乳房をサラシから出す。

俺は慌てて視線を逸らし、アテナは驚いてその光景を見ていた。

「心配しなさんな、アタシも元子持ちだ。使い道のない母乳だし、この子にくれてやるよ」

「……元、子持ち?」

「ああ。ダンナと赤ん坊だった息子は一月前に魔獣に食われてね……」

思わず俺は聞いてしまった。とても、寂しそうな声だった。

それ以上、俺は何も言えなかった。

「ルナ、美味しい?」

「小さい赤ん坊は母乳で育てるのが一番いい。アタシので良かったら出なくなるまで毎日くれてやるよ」

「ホント?　なんだ、あんた見た目は怖いけどいい奴ね。ありがとう」

「ハハハッ!!　正直な小娘だね、気に入ったよ」

「よーし、今度は私たちの食事よ!!　アロー、準備しなさい!!」

「ああ、食事は準備させてる。酒は呑めるかい？」

「お、いいわね」

　どうやら、宴会が始まることになりそうだ。


　パーンの集落の人たちを受け入れることが決まった翌日。

　俺とアテナとルナはウェナさんの家に厄介になる。というか出発の日まで厄介になる予定だ。

　パーンの狩人たちは出発の準備を進め、手伝おうとしたら怒られてしまった。どうやら人に慣れた魔獣といえど、素人に操れるようなものではないらしい。

　なので、俺は三匹のブラックシープの世話をしていた。

「よーしよし、美味いか？　いっぱい食え」

『メェエエエッッ』

『メへへへへヘッ』

『メェ～』

　乾燥させた干し草にたっぷりの水桶《みずおけ》を出してやると、三匹はさっそく食べ始める。

　成り行きで手に入れた三匹だが、こうやって世話をすると愛着がわくな。

　集落に帰ったら、家の脇に小屋でも建てるか。

「シュバルツ!!　狩りに行くわよ!!」

『メェエエエッ!!』

背後からアテナの声。するとブラックシープの一匹が水桶から顔を上げる。

振り返ると、そこには仁王立ちのアテナがいた。

「狩りって……お前な、あと四日で出発なのに、荷物を増やすようなことをするなよ」

「ふふん、バカね、これはウェナの依頼よ。出発の前に集落で宴をするから、肉を狩ってきてくれってお願いされたのよ」

「そうなのか？　というか、また宴か……」

「うん。この集落では住居を移動する前に宴をするのが習わしなんだってさ。というわけで行くわよシュバルツ!!」

『メへヘェェェッ!!』

「うわっ!?」

シュバルツはグイグイと前に出る。

どうやら繋いである紐を外せと言ってるらしい。いつの間にこんなにアテナに懐いたんだ？

とにかく、紐を外してやると、アテナに擦り寄った。

「よーしよーし、可愛いわね」

『メェェェ』

「じゃ、行ってくるわねアロー」

アテナはシュバルツに跨り角に紐を巻き手綱代わりにすると、そのまま行ってしまった。

大した羊使いだと思い、残された二匹を見る。

「確か……ネロとノワールだっけ？」

『メェ』

『メェェ』

俺の言葉を理解したのか二匹は頷いた。少し考え、俺は荷物から二枚の色違いの布を取り出す。

「ネロ」

『メェェ』

「よし、お前はこの赤い布だ。これを角に結んで……」

ぶっちゃけ見分けが付かないので、色違いの布で判断することにした。

赤がネロ、青がノワール、黄色をシュバルツにしよう。

二匹の角に布を結び、俺はモコモコの黒い頭を撫でる。

「こんな布がなくても、見分けられるようになるからな」

二匹は、嬉しそうにメェメェ鳴いた。

ウェナさんの家に帰ると、ちょうどウェナさんがルナに乳をあげていた。

「すす、すみませんっ!!」

「……ん？　ああ、別に気にしなくていいさ」

ウェナさんはルナにゲップさせて優しくあやす。

するとお腹いっぱいになったのか、ルナはスヤスヤ眠ってしまった。

「いい子だ……」

慈愛に満ちた母親の笑顔に、俺は思う。

ルナに必要なのは、俺やアテナみたいな子供じゃなくて、ウェナさんみたいな母親じゃないのか、と。このまま俺やアテナと一緒にいるよりは……。

「勘違いするんじゃないよ」

「……え？」

「全く、わかりやすい奴だね。言っておくがアタシは母親をやる気はないよ。この子に乳をあげてるのも成り行きだしね」

「あ……」

「あんた、この子の父親ならシャンとしな。ちょいとアタシの母親らしい顔を見ただけで揺らぐんじゃないよ」

「は、はい……すみません」

グゥの音も出ない。でも、ルナは別に俺の子供じゃない。

ルナの幸せを願うなら、ちゃんとした環境で育ててやるべきじゃないだろうか。

「アタシは集落を見て回るから、この子を頼むよ」

ウェナさんは特に何も言わずに家を出ていった。俺はルナの寝てるベビーベッドに近づく。

「……お前、何してんの？」

『いやぁ、アテナはんがルナはんの枕になれと……たはは』

ベビーベッドにはファウヌースがいた。

ピンクのモコモコした羊毛に包まれるルナは気持ち良さそうに寝てるが、今の今まで気が付かなかった。すると、会話を聞いていたファウヌースが言う。

『アローはん、ルナはんはアローはんと一緒で幸せに見えまっせ』

「そうかな……」

『ええ。大きくなればきっと、そう言うと思いまっせ』

俺はルナを撫で、ついでにファウヌースも撫でた。

狩りから帰ったアテナは上機嫌だった。

シュバルツの背には自身の三倍はあろうかという巨大な牛。旅で慣れたのか、すでに血抜きがしてあった。

「さ、今日は宴よ!!」

その一言が集落全体に伝わり、今日は豪勢な宴となった。

集落の狩人たちが巨牛を解体し、女性陣が料理を振る舞う。

酒が振る舞われ、狩人たちの踊りで盛り上がり、俺たちは大いに楽しんだ。

何より、アテナはすっかり集落に馴染んでいた。

「そこで私は巨牛の突進を躱して右に回り込み……剣を抜いてスパッ!! 巨牛の鮮血が噴き出しその場に崩れ落ちた……」

「「「おぉぉぉぉーーーーッ!!」」」

アテナは狩人の子供に武勇伝を語ってる。

しかも実際に剣を抜いてジェスチャー付きの解説だし、子供たちはすごく喜んでる。

ルナは最初だけ宴に参加し、眠くなったのでウェナさんの家で寝てる。何かあれば付き添いのファウヌースが知らせてくれるから問題ない。

ミネルバは何故か俺の肩に止まってる。こいつは意外にもグルメで、焼いたサイコロステーキにタレをかけた物をせっついてきた。どうやら食事に関してはアテナより俺を信頼してるようだ。とはいえ触らせてはくれないが。

こうしてパーンの集落での日々が過ぎ、出発の日がやってきた。

集落の入口は大混雑だ。狩人に家畜、女子供と、集落の住人全てが揃っていた。

家畜には荷物を背負わせ、狩人は道中の安全確保のためにしっかり武装している。

ウェナさんが前に出ると、住人全体に告げる。

「これから『カナンの集落』に向け出発する!!　男衆は道中の安全確保、女衆は子供と家畜の安全を第一に考え行動しろ。いいか、決してムリはするな。何かあったらあたしに報告しろ!!」

ここで俺は眉をひそめる。聞き慣れない単語に、思わずウェナさんに確認した。

「カナンの、集落？」

「……何を言ってる？　お前の来た集落だろう」

「え、ああ……そっか」

そういえば、ジガンさんの集落の名前を知らなかった。

ニケやパーンみたいに名前があるのは当然だ。今まで知らなかったのが恥ずかしいな。

カナン、カナンかぁ……。

「アロー、ゴン爺の集落ってカナンっていうのね。知らなかったわ」

「……俺は知ってた」

「え、マジで!?」

ごめん、嘘です。見栄を張ってしまいました。

だって領主なのに、自分が救われた集落も知らないとか……ははは。

「では……出発!!」

少し落ち込んでいる俺をよそに、ウェナさんが号令を掛けた。

ゾロゾロと五十人以上の住人が歩き出し、俺とアテナもブラックシープを歩かせる。

「さぁて、久し振りに我が家に帰れるな」

「そうね。ぶっちゃけ家にいる時より旅をしてる期間が長いけどね」

「それを言うなよ……」

「あぅ?」

俺の胸元のルナも嬉しいのか、俺に向かって手を伸ばす。

いや、俺じゃなくて肩に止まるミネルバか。

「帰ったらやることがいっぱいだな。畑の整備にブラックシープたちの小屋作り……」

「あ、私は狩りに……」

「当然、お前にも手伝ってもらうからな」

「えぇー」

カナンの集落に帰ったら、しばらくはのんびり仕事をしよう。

新しい住人も増えるし、楽しくなるのは間違いない。

カナン、ニケ、パーンの人たちと頑張っていこう。

俺はアロー・マリウス。このマリウス領の領主だからな。

第六章　カナンの集落

カナンの集落までは、特に問題なく到着した。

まず、帰ってきて驚いたのは、俺の家が移転していたことだ。

なんでも、鉱石の採掘場を広げたらしく、俺の家は一部が撤去されて作業員の休憩所となった。

その代わり、集落の更に外れの方に、前の家よりやや大きい新居が与えられた。

新居は二階建てで、近くには川も流れてるし、新しい家族となった三匹のブラックシープの小屋もある。そして川の近くには整備された畑もあった。

新しい家を貰ったが、休む暇もなく仕事が続いた。

まず、俺が連れ帰ったパーンの集落の人たち、そしてすでに鉱石採掘の作業員として働いていたニケの集落の人たちとの顔合わせと、パーンの集落の人たちが住む場所の提供だ。

住む場所だが、整備されていない広場を提供すると、ウェナさんの号令で若い衆があっという間に地面をならし、魔獣の骨や革で簡易的なテントを作った。流石狩人というべきか。

ニケの集落の人たちは、パーンの人たちとは反対側の広場に家を建てて生活していた。というかまだ建築は途中でテントがいくつかある。完成した家は、小さな子供がいる家族や、老夫婦を優先して与えられるようだ。

住居の問題はクリア、次は集落間の決まり事だ。

まず、ニケの人たちはパーンの人たちから生活に必要な分の家畜を提供してもらった。見返りは畑の作物。これから冬が来るので、冬でも育てられる作物をすぐに作り始めたようだ。

ニケの人たちの仕事は、鉱石採掘と農作業だ。これはカナンの人たちと変わらない。まだ身体は万全ではないが、作業の手が増えていい。

パーンの人たちは、もっぱら狩りに出て肉を提供してくれた。もちろんブラックシープに跨ったアテナも参加。大型魔獣も難なく屠《ほふ》り、集落では新鮮な肉が尽きることはなかった。

そして、集落では大切な決まり事が一つだけある。

それは、『助け合う』ことだ。困った人に手を差し伸べ、できることをする。俺がこの集落に拾ってもらったように。

そして、いつの間にか俺は集落代表になっていた。

カナンの代表ゴン爺、ニケの代表ゲンバーさん、パーン代表のウェナさん。全員の希望だった。

もちろん、俺は遠慮した。領主と言っても名ばかりで、俺は自分にできることをしただけだ。でも、みんなは言ってくれた。俺はこの集落に希望をくれた、このマリウス領に光をくれた領主だと。

そんな大げさなモンじゃない。アテナやルナがいなければ、俺はただの人間だ。運もなければ強さもない。

でも、俺だから、アロー・マリウスだから、と。

たとえアテナとルナに出会わなくても、俺はこの集落のためにできることをしただろう。どんな結果になろうと、拾ってもらった命を役立てようとするだろう。

俺が代表になって、みんなの役に立てるなら。俺は、この集落の代表として戦おう。

こうして俺は、新しいカナンの集落の代表となった。


俺の一日は、まだ薄暗い朝から始まる。新しい家の自室で目覚め、着替えをして外へ出た。近くの川で顔を洗い、バケツいっぱいの水を汲んでブラックシープの小屋へ。

「おはようさん、ほら、たーんと飲め」

『メェ～』

『メへへッ』

『ンメぇ～』

ブラックシープに水をたっぷり与え、エサとなる干し草を用意する。とりあえずブラックシープのエサは終わり。次は、農具が収められてる小屋へ。

クワを出して畑を耕す。ブラックシープを使えば楽に耕せるだろうが、あえて生身で行う。これは、来たるべきサリヴァンへの復讐に向けて鍛えるためだ。

冬に育つ作物の種をいくつか貰い、すでに植えてある。なのでそこに水を与え、雑草をむしり取る。ちなみに、鍛えるために耕してる畑は何も植えてない畑だ。クワを振り、地面を耕すという一連の動きは、身体全部を使う重労働……自然と、身体が鍛えられる。

ここまでが朝の仕事。次は朝食の支度だ。

湯を沸かし、肉と野菜をふんだんに使ったスープを作り、卵とベーコンを焼いて集落で作られたパンに挟む。俺とアテナの分はこれで完成。そして数種類の野菜を煮込みすり潰す。こっちはルナの離乳食だ。ここまで支度をすると、ルナが起きて泣き出す。

「ふえぇ、ふぇぇ～」

「はいはい、待ってろよ～」

俺は自室にあるルナのベビーベッドへ。ベッド内にはピンクの羊ファウヌースがグースカ寝てる……こいつ、最近は昼過ぎまで寝てるんだよな。放っておこう。

ルナを抱き上げてあやし、オシメを交換する。ルナは夜泣きもしないし、オシメが濡れた時や寂しい時しか泣かない。なので常に傍にいれば、実に手の掛からない赤ちゃんだった。

「よ～しよし、ルナはいい子だなぁ～……それに比べて」

俺は自室の隣のドアを開ける。そこには、イビキを掻いて寝てるアテナがいた。

寝間着は乱れ、片方の乳房が露出している。俺はそれを見ないように毛布を掛け直し、ルナを抱っこしたままアテナの身体を揺する。

「おいアテナ、朝だぞ、起きろー」

「ふぅ、んん……んぁ」

「朝飯、できてるぞ。今日はパーンの人たちと山へ黒ハゲワシを狩りに行くんだろ？　弓の腕前を見せるって息巻いてたろ？　遅刻なんて恥ずかしいことすんなよー」

「……んぁ、起きる起きる」

アテナは寝ぼけ眼でムクっと起き上がると、ベッドの上で着替えを始めた。

せっかく毛布を掛けたのに、上半身裸で手をフラフラ彷徨わせてる。どうやら着替えを捜してるらしい。俺は、アテナを見ないように落ちていた服を差し出し、部屋を後にした。

ルナにご飯を食べさせていると、アテナがバタバタしながら下りてきた。

起こしてからだいぶ時間が経ってる。アテナ用のスープは冷めてしまったので、鍋に戻して再度温める。

「ちょっとアロー!! もっと早く起こしなさいよーっ!!」

「いや起こしたぞ。お前が二度寝するのが悪い」

「ああもう、パーンの人たちみんな行っちゃったでしょーっ!!」

「はいはい、飯は食べるのか?」

「食べる!! 早く食べて追っかける!!」

アテナは、ベーコンエッグサンドとスープを急ぎ食べると、剣と弓を片手に出ていった。アテナの身体能力なら追いつけるかもな。

「さて、俺も集落の見回りに行くか……」

おんぶ紐を準備してルナを抱っこする。荷物は護身用の剣と水筒くらいかな。

まず最初に、鉱石採掘の現場に向かった。

ここは主にニケの集落の人たちが中心になって作業している。鉄鉱石や銅鉱石、銀鉱石や宝石の原石など、通常ではあり得ない石が大量に埋まっている。これもルナの力なのだろうか。

作業現場を指揮するのは、ニケの代表であるゲンバーさんだ。

病で倒れてからそんなに日数が経過してないのに、誰よりも忙しそうに働いている。俺は邪魔にならないようにタイミングを見計らって声を掛けた。

「こんにちは、ゲンバーさん」

「おお、アロー君。何か用事かね？」

「いえ、ルナの散歩ついでに、集落を見回ってるんです。何か困ったことはありますか？」

「いや、特にない。それよりも鉱石が大量に採れる採れる。質のいい装備や農具も作れるし、取引材料としても使えるね」

「取引材料……つまり、このマリウス領で貿易を行うってことですね」

「ああ。このマリウス領は、小さな集落が数えきれないくらい存在する。それぞれが独自の技術を持つ集落も珍しくない。取引材料はあった方がいい」

どうやら、また冒険に出かける日も近い気がするな。

ゲンバーさんと別れ、パーンのテントへ行く。そこは魔獣の骨と革で作られたテントが並んでいる。すると、小さな子供狩人に弓矢の指導をしてる女性を見つけた。

「ん……アローかい」

「こんにちは、ウェナさん」

「ああ。ルナも元気そうだね」

「あぅあ～」

パーンの代表、ウェナティオことウェナさんだ。

豪快な美人でパーン最強の狩人。腕の筋肉なんて俺より太い。

でも、どこか包み込むような優しさを感じる。この辺がアテナとの違いだよな。

「どうした、またミルクが欲しくなったのかい？」

「い、いや……あの、見回りに」

「ああ、流石領主サマだね。感心感心」

「わわ、ウェナさん……」

ウェナさんは、俺の頭をガシガシ撫でる。話を逸らすために視線を子供たちへ。

「狩りの訓練ですか？」

「まぁね。武芸を身につけるのは素直な子供のウチからのがいい。特に狩人なら弓矢の腕前が命だからね」

「確かに……他の狩人たちは？」

「聞くまでもない、お前の奥さんと狩りに出かけたよ」

「お、奥さんって、アテナは同居人で」

「はは、男女二人同じ屋根の下で子育てしてるんだ。誰がどう見たって夫婦じゃないか。それよりアロー、もうヤッたのかい？」

「ぶっ!? だ、だからぁ!!」

ウェナさんはケラケラ笑い、俺の顔は赤くなる。

子供たちの教育にも悪いし、ここは退散した方が良さそうだ。

「次は、カナンの人たちかな」

集落の中央は、カナンの人たちが住んでいる。

俺は周りを見ながら、一軒の家の前に到着する。ここは集落唯一の医者であるドクトルさんの診療所だ。診療所のドアは解放され、中に最近出入りするようになった、十六歳くらいの少女がいた。

挨拶しようと診療所のドアの前に行くと、声が聞こえてきた。

「ええと、火傷《やけど》にはヒノの葉を煎じて火トカゲの血を一滴、そして……ええと」

「それで合ってる。傷に塗り込んでヒノの葉を貼り、ズレないようにサラシで固定だ」

「なるほど……メモメモ」

ドクトルさんに最近弟子入りしたニケの集落の少女、ミシュアだ。

この集落にやってきた時、ニケの人たちはドクトルさんの健康診断を受けた。その時ミシュアはドクトルさんに惚《ほ》れ、弟子入り兼嫁として診療所に転がり込んだのだ。

ドクトルさんは最初、うっとうしがっていたが、最近は自分の知識をミシュアに伝授してる。どうやら自分以外にも医者がいれば、何があっても大丈夫だろうと考えている……嫁に関しては否定していたけどね。

カナンの集落内は賑《にぎ》わっている。

俺はヌイヌイさんに挨拶したり、忙しそうに鉄鉱石の加工をしてるドンガンさんに挨拶し、最後にゴン爺の家に挨拶に来た。家の前で、ゴン爺は煙管を吹かしていた。

「おお、アロー」

「どうも、ゴン爺」

「よう来た。座れ座れ、おっと」

ゴン爺はルナを見て煙管を止めた。ちょっと申し訳ないが、ありがたい。

「最近、どうじゃ？」

「最近……普通ですね。仕事してご飯食べて寝て、平穏な暮らしそのものです」

「カッカッカ、平穏か……お前の望みは平穏なのか？」

「もちろん、復讐は忘れてませんよ」

俺ははっきり言った。この復讐心が枯れることはない。絶対に。

「今は、これでいいと思ってます。ルナとアテナがいて、一緒に暮らして……この集落と人たちのために、できることをしていきたいです」

「そうか……なら、今はそれでいい」

ゴン爺はそれ以上何も言わず、俺も黙っていた。

蒼《あお》い空と白い雲、緑の匂いと風の音だけがある、この世界。今はこれでいい、平和で穏やかな暮らしがとても居心地がいい。

「ところでアロー……」

「はい？」

ゴン爺はニヤッと笑いながら言った。どことなく、イヤらしい笑みだったのは間違っていない。

「アテナちゃんとは、もうヤッたんか？」

俺は無言で立ち上がり、その場を後にした。

俺が向かったのは、ジガンさんの家だった。

ここにはこの一月、かなりお世話になっている。主にルナ関係で。

家の前でジガンさんが薪を割り、娘のレナちゃんは木の棒を振り回して遊んでいた。

「あ!!　おにーちゃんとルナだ!!」

「ん……来たか」

「こんにちは、ジガンさん、レナちゃん」

レナちゃんは木の棒を持ったまま、俺の足にじゃれつく。

俺はレナちゃんの頭を撫で、ジガンさんに向き直る。

「見回りか……領主らしいな」

「いや、領主らしいってか、日課で。みんなの顔を見ないと落ち着かないんです、それにルナの散歩もしたいですし」

「そうか。昼飯は食ったのか?」

「いえ、まだ……」

「食っていけ。その子のメシも準備する」

「おにーちゃん、わたし、ルナと遊びたい!!」

こりゃ決まりだな。レナちゃんの誘いは断れん。

結局、お昼をご馳走になり、ジガンさんの奥さんであるローザさんに、ルナ用の離乳食レシピをいくつか伝授してもらった。そしてジガンさんの薪割りを手伝ったり、レナちゃんと一緒に昼寝を始めたルナを眺めたり、気が付くと夕方になっていた。

レナちゃんを起こさないようにルナを抱っこして玄関へ。

「すみません。そろそろアテナが帰ってきますんで、失礼します」

「ああ、また来い」

「またいつでも来てね、アロー君」

ジガンさんとローザさんに見送られ、俺は自宅へ。

アテナが黒ハゲワシを仕留めるって言ってたし、今日は鳥の丸焼きなんていいかな、というかアテナがそうしろって言いそうだ。

自宅に帰り、ベビーベッドにルナを戻す。そしてブラックシープたちにエサを与えると、アテナが帰ってきた。

「たっだいまーっ!!　アローアロー、見て見て!!」

「おぉっ!!　でっかい黒ハゲワシ!!」

アテナは、羽をむしられ血抜きしてある黒ハゲワシの首根っこを掴んで俺に見せた。

黒ハゲワシは、羽をむしっても真っ黒な肉が特徴だ。見た目は悪いが味は絶品。

「えへへ、スゴいでしょ。私の弓で仕留めたのよ!!」

「すごいな。さっすが戦と断罪の女神、惚れ惚《ぼ》れするぜ」

「ふっふーん。じゃあアロー、丸焼きでヨロシク!!」

ルナ用に新しい離乳食レシピもあるし、今日は豪勢にいくか。

こうして、俺とアテナとルナは、楽しくも騒がしい夕食を満喫した。

夕食後、アテナは庭の裏手で水浴びをすると言い出した。

「アロー、お湯ある？」

「ああ、少し温《ぬる》いけど使えよ。せっかくだしルナも頼む」

アテナはルナを連れて外へ。すると、二階からピンクのモコモコが下りてきた。

『ふぅぁ〜……よう寝たわ。アローはん、わてのメシは？』

「お前、もう夜だぞ……起きるの遅すぎ」

『いやぁ、わては夜型で』

「あのな……まぁいいや」

余った黒ハゲワシの肉とスープを出してやると、ファウヌースはがっつき始める。

するとう今度は窓がカツカツ叩かれた。どうやらミネルバが帰ってきた。こいつ、朝からいないと思ったら、狩りに出かけていたらしい。

『ぴゅいぃ』

「はいはい、ほら」

『ぴゅいーっ!!』

ミネルバは、天上にぶら下げてる専用の止まり木へ。

白いチビフクロウは相変わらず可愛い。というか、少し大きくなった……成長したのかな。

「はぁ、気持ち良かったぁ〜……さぁルナ、おねむの時間よ」

「あぅぅ〜……」

「じゃあルナを寝かせてくれ。俺も水浴びする」

「うん。じゃあ私は寝るね。明日はアローに付き合うから」

「明日は畑をいじる予定だ、それでもいいのか？」

「うん、いいよ。じゃあおやすみー」

そう言って、ルナを抱えたアテナは風のように去っていった。

俺も簡単に水浴びをして寝間着に着替える。ファウヌースは再び眠り、ミネルバは起きているがジッとしていた。構ったらツツかれそうだし放っておこう。

さて、俺も寝るか……明日も仕事だ。

「ふぁ……おやすみ」

これが、今の俺の日常。新しく集落に迎えた人たちや、馴染みある人たちとの日常。

やることはたくさんある。でも、一歩ずつ確実に。

新しい冒険は、すぐそこまで迫っていた。


新しいカナンの集落ができて二月。

ニケの人たちも完全に回復し、鉱石採掘や農作業も再開した。これから冬に向けて種を蒔き、冬に収穫できる作物を作るそうだ。

パーンの人たちも頻繁《ひんぱん》に狩りに出かけ、収穫した獲物を捌いて燻製にしたり、保存食を溜め込み始めている。もちろん、カナンの人たちも同じように、冬の準備に向けて動いていた。

当然だが俺も、アテナの狩ってきた獲物を保存食にしたり、畑には作物の種を蒔いて世話をしている。

セーレにいた時はアーロンがいろいろと手配してくれたから苦労はしていなかった。温かい食事やフカフカの布団は当たり前、暖炉は常に灯っていたし、外に出るには分厚い防寒着を着用して出ていくのは常識だった。

でも、このマリウス領ではそんな「当たり前」が通用しない。

暖炉はあるが薪は自分で割らないといけないし、フカフカの布団なんてないので魔獣の羽を詰めた布団をこしらえなくちゃいけない。もちろんルナが最優先で。

俺の朝の日課に薪割りが追加され、アテナが狩ってきた獲物の羽を乾かしてヌイヌイさんのところに持っていき、羽毛布団を作ってもらうようにお願いした。もちろん報酬は支払う。

そして現在、俺は朝の薪割りをしていた。

珍しいことに、アテナが早起きして俺の様子を見ている。

「……ねぇ、アローって最近、筋肉付いたよね」

「そうか？」

「うん、私が言うんだから間違いないわ」

まぁ毎日限界までクワを使って畑を耕してるし、最近じゃ薪割りもしてる。

自分で身体を見ても、確かにガッチリしてる気がする。これも全て復讐のために使えるならそれでいい。サリヴァンをぶん殴る時に、鼻の骨をへし折って前歯を砕いて眼球が飛び出すほど強烈な拳をお見舞いできる。

「でも、硬い筋肉ね。剣術には向かないかも」

「別に俺は剣士じゃないからいいよ。むしろサリヴァンをぶん殴ってやりたいし、強いパンチを放てるような格闘技を習いたい」

「格闘技ねぇ……よかったら私が指導してあげよっか？」

アテナは、剣術しか使ってるところを見たことがない。それに、身長も俺よりやや低いし手足も細い。どう見ても格闘技に向いてるようには見えなかった。

「あのねー、私は戦いと断罪の女神よ？　戦いに関して私の右に出る者はいないわ。神界でだって私に敵《かな》うのは至高神様くらいだったんだからね」

「……へぇ～」

「ちょ!?　あんた信じてないでしょ!!」

疑いの眼差しでアテナを見ていると、家の中からルナの泣き声が聞こえてきた。どうやらお腹が減ったらしい。そろそろ朝食の時間だしな。

「さ、メシにするか。昨日干しといた魚を焼こう」

「お、いいわね。私は二尾ね!!」

「一人一尾だっつの……」

コイツ、ホントに食い意地張ってやがる。

朝食後は、ルナを抱っこしながらアテナと集落を回ることにした。

集落は今日も賑わっている。俺とアテナを冷やかす声もあれば、お茶でも飲んでいけと引き留める声も。冷やかしには照れつつも否定し、お茶は誘われる場所全てでいただいた。

セーレ領でも、父上と町を回っている時によくお茶に誘われたたな。父上はどんなに忙しくても断らず、笑顔で対応していたのを覚えてる。まぁ飲みすぎて腹がガポガポになったけどね。

「ねーねーアロー」

「ん？」

「あのさ……どっか行きたい」

アテナが、俺の前を遮り言う。前屈《かが》みになり、俺の顔を覗くようににゅっと出てくる。

「あのさ、今の暮らしに不満はないわよ？　毎日狩りに出かけて剣を振るえるし、アローのご飯は美味しいし、最近はルナも成長してるのかハイハイするようになったし」

「じゃあいいだろ？　なんだよ急に」

「でもさ、たまにはどこか出かけたいなーなんて。前みたいに冒険してみたい」

「冒険って……あのな、お前は強いからいいけど、俺はフツーの人間なんだぞ？　命懸けの冒険なんてゴメンだぞ」

「そんなの私が守るから問題ないわ。ずーっと集落を見回ってるだけじゃアローもつまんないでしょ？　たまにはどこかに出かけてみたいとかないの？」

まぁ、出かけたい気持ちはないわけじゃない。この生活がつまらないとかじゃない。刺激が欲しいわけでもない。でも、マリウス領は広いし知らないこともたくさんある。見聞を広める上で出かけたい気持ちはある。

「ねーねー、最近は鉱石採掘も順調で、農具や武器も新調しつつあるんでしょ？　ここは貿易の材料として、他の集落に持ち込んでみるとかしてみたら？」

「んー……」

「もちろん、交渉は領主のあんたね。私とルナはあんたの護衛」

「お前はともかくルナもかよ……」

「だってさ、ルナは私よりあんたに懐いてるし、長い時間あんたと引き離すとギャン泣きするのよ？　ルナを残して出かけるなんてできないじゃん」

うーん……確かに、ルナは俺にべったりだ。自分で言うのもなんだが、俺を父親と思ってくれてる。俺もルナは可愛くて好きだし、このままずっと成長を見守りたい。

「ま、とにかくこの話はまた今度な」

俺はアテナを連れて、集落の見回りを再開した。

ゴン爺の家の近くまで来たら、ジガンさん、ゲンバーさん、ウェナさん、ドクトル先生と助手のミシュアが集まっていた。

何か厄介事が起きたんだ。そして、アテナがニヤリとする。なんか嫌な予感。

とにかく、話を聞かないと。

「おはようございます。皆さん、何かあったんですか？」

「ん、おおアロー、ちょうどよかった。今おぬしを呼びに行こうと思ってたところじゃ」

「は、はい。ええと、皆さんお揃いで」

「……実は、問題があってな」

ジガンさんが重々しく言う。みんな困ってるのに、俺の後ろのアテナはウキウキしている。

すると、ドクトル先生が言った。

「実は、薬が足りないんだ」

「薬、ですか？」

「ああ。冬に向けて薬草や材料の備蓄はしていたんだが、人数も増えたから消費も増えてな……鉱石採掘の作業でも怪我はするし、狩りで怪我をする者もいる。それに怪我だけじゃなく、病気になる者だっている。今はなんとかなるが、このままだと冬まで持つかわからん」

「しかもしかも、薬草や薬の素材が生えてる場所はもう採り尽くしちゃって、冬が明けるまで生えてこないんですよぉ。しかもこれから冬本番になるから新しく自生してる薬草なんて見つけられないしぃ……」

ドクトル先生の説明に割り込むミシュア。先生はため息をつくとミシュアの頭を押さえる。

「採集場所も遠いし危険な魔獣も多い。どうしたものかと悩んでいたのさ」

「うーん、あたしら狩人は、魔獣の肝や内臓を煎じて薬にしたりしてるけどね。基本的にはみんな頑丈だから、怪我はともかく病気なんてしたことないね」

「それは羨ましいですな……」

「ははは、ゲンバー、よかったらウチに来るかい？　魔獣の肝スープをご馳走してやるよ」

「……は、ははは、あ、ありがとうございます」

ウェナさんはゲンバーさんと肩を組み、脅すような、でも楽しそうな声で誘ってる。これがおふざけだとみんなわかっていた。

「薬か……」

確か、パイモン領は医療が盛んな地域だったな。

サリヴァンの親睦会で出会ったエリスなら、交渉次第で協力してくれたかもしれない。

でも、ここは捨てられた領土であるマリウス領だ。頼りになる仲間は身内だけ。できることは全てマリウス領の中でしかできない。となれば、やれることは一つ。

「近くの集落に薬草や薬を分けてもらおう。こっちには鉄鉱石や作ったばかりの農具もある。足りないなら、魔獣を狩って土産にするのもいい」

ちなみに『魔獣を狩って』の部分はアテナを見ながら言った。やっぱりな、アテナの奴、わかりやすく喜んでいる。みんなも、俺の案は候補にあったらしい。でも、少し悩んでるようだった。

「アロー、我々もそれしか方法はないと考えていたが……」

ジガンさんは困ったように頭を掻き、ウェナさんも腕組みをして渋い顔をしていた。

すると、ゲンバーさんが言う。

「冬が近くなると魔獣が凶暴化するんだ。仮に薬を分けてもらうとしたら、この辺りだと……『グリモリの集落』が一番近い。だが、それでもかなりの距離がある。早く出発しないと雪が降り、下手をすれば凍死してしまう」

「凶暴な魔獣、過酷な環境、あたしらパーンの民でも厳しいね。冬に向けての狩りはもうおしまいにしようかと思ってたくらいさ。それくらい、冬近くの魔獣は手強《てごわ》い」

俺も聞いたことあるな。冬の魔獣に手を出すなって。

でも、今回はそんなこと言ってられない。薬は集落になくてはならない大事な物だ。備蓄しておくに越したことはない。

「なーにが冬の魔獣よ!!　そんなモン私にかかれば雑魚《ざこ》よ雑魚。ねえアロー」

「お前、ホントにブレないな……」

決断するなら早い方がいい。俺はこの場にいる全員に確認する。というかもう決めた。

「ゴン爺、地図にグリモリの集落までの道のりを記してくれ。ドクトルさん、必要な薬草や薬品をリストに。ジガンさん、申し訳ありませんが、冬用の装備の支度を手伝ってくれませんか？　ゲンバーさん、交渉用の農具と鉱石を準備してください。ウェナさんは保存用の肉をお願いします」

とにかく、急がなくちゃ……あれ？　なんだろう。みんながポカンとして俺を見ていた。

「あの、何か？」

「いや……よし!!　さっそく作業開始じゃ!!」

ゴン爺の一声で、みんなは動き出す。俺とアテナはジガンさんに付いていく。冬用の装備のレクチャーを受けないとな。やることはたくさんある。

「アロー、逞しくなったな」

「……え？」

「いや、なんでもない」

ジガンさんが、ポツリと呟いた気がした。

俺、アテナ、ルナの出発は三日後となった。

一刻も早い出発が求められるが、準備というのは念入りに行うべきである。何せ、冬間近のマリウス領を進むのだ。焦って出発して不測の事態になったらそこで終わり。いかにアテナが強くても大自然の驚異には無力なのだから。

ゴン爺たちに指示を出した翌日。俺とアテナは、ルナを連れてヌイヌイさんの家に来た。防寒着を仕立ててもらうため、身体のサイズを測ってもらいに来たのである。

ルナはすぐに終わったが、俺とアテナは時間がかかった。

下着一枚でヌイヌイさんの前に立ち、物差しで身体のサイズを測られる。

「アロー、あんた……いい身体してるじゃないか」

「ちょ、ヌイヌイさん？」

「背中、胸、腹筋……足の筋肉、ほほぅ～……若い男の身体はいいねぇ」

「あ、あの」

「……なーんて、冗談だよ冗談!!」

「いっでっ!?」

ヌイヌイさんは俺の背中をバチンと叩く。この人、絶対本気だったぞ……怖い。

測定が終わり、俺はそそくさと服を着る。そしてアテナからルナを受け取った。

「アテナ、あんたは荒っぽいからね、今まであんたが狩ってきた魔獣の革でこしらえるから、デザインは諦めな」

「えぇ～、どうせなら可愛いのがいい～」

「ワガママ言うんじゃないよ、ほら脱いだ脱いだ……………アロー、いつまで見てるんだい？」

「あ……す、すみません!!」

アテナを凝視してたのに気付き、俺は慌てて家を出た。

ヌイヌイさんは、二日で服を仕立ててくれるらしい。

次に向かったのは、ドンガンさんの鍛冶場だった。ここにはアテナの武器を鍛え直すために来た。アテナは武器の使い方も荒っぽいから、手入れしてるとはいえ、剣はボロボロだった。なのでこの二日で打ち直してくれるらしい。

ドンガンさんの鍛冶場に到着。石造りの工場は冬は寒そうだが、中は熱気で暑いくらいだ。

「こんにちは、ドンガンさん」

「……おう、来たか」

「ドンガン、いつも悪いわね。今日もよろしくね!!」

「ったく、オメーは調子いいなぁ」

ドンガンさんは苦笑しながら手を差し出す。するとアテナは、腰に差していた剣を渡した。

「いい鋼が山ほどあるからな。オメーが振り回しても欠けたり折れたりしないような、頑丈なヤツをこしらえてやるよ。それにしても……」

ドンガンさんは剣を抜いて掲げ、ランプの光に当てる。

「ゴン爺の剣は業物だが、こうも酷使されちゃ業物もクソもねぇな」

「ふん、武器が脆《もろ》いのが悪いのよ。私の本来の剣『パラスアテナ』と、盾の『アイギス』があればなぁ……」

「なんだそりゃ？」

「私の愛剣と盾。『パラスアテナ』はアルテミスのバカ姉貴に取られちゃって、『アイギス』はヘスティアのクソ妹に隠された。あいつらマジで許さない……」

なんかアテナが怖い。というか姉妹がいるのか？　ルナは妹だって聞いたけど、他にも姉妹がいるなんて初耳だ。

「まぁとにかく、剣はワシに任せろ」

「うん、ありがとね」

「よろしくお願いします、ドンガンさん」

ドンガンさんに頭を下げ、俺たちは鍛冶場を後にした。

お昼も近いので一度家に帰ることにした。ルナはスヤスヤ眠り、とても穏やかな表情をしてる。

「なぁ、ルナとお前って姉妹なんだよな？」

「違うわよ？　まぁルナはいつも私にくっついてたし、妹みたいなモンだけどね」

「……そうなのか」

「ええ。私の姉妹は陰険ババァのアルテミスに、ガリ勉のヘスティアよ。ルナはアラクシュミーの妹なの」

「へぇ～……」

「まぁそんなのどうでもいいわ。それよりさっさとお昼にしましょうよー」

家に戻ると、ファウヌースがチョコチョコ歩きで出迎えてくれた。

『おお、おかえりなさいアテナはん、兄さん』

「ただいまファウヌース。すぐ飯にするから」

『おおきにおおきに』

「あぅ～♪」

ルナを暖炉の近くに下ろし、ファウヌースに相手を任せる。

最近のルナはファウヌースをボールみたいにし転がして遊ぶのがお気に入りで、ファウヌースもまんざらでもないのかされるがままに遊んでいた。

俺が食事の支度を始めると、アテナは白フクロウのミネルバと遊んでる。

「アテナ、外のブラックシープたちに水あげてきてくれ」

「はぁ〜い。ミネルバ、行くわよ」

『ぴゅいぃっ』

三匹のブラックシープは、今回の旅の生命線だ。

ファウヌースの力で屈服させたとはいえ、一緒に暮らしてるうちにかなり懐いたと思う。

暑さには弱いが寒さにはめっぽう強く、中型魔獣に匹敵する体力と脚力を持っている。モコモコの毛で覆われてわかりにくいが、身体はかなり筋肉質でパワフルだ。

食事は雑食で、牧草から魔獣の肉までなんでも食べる。戦闘では強靭《きょうじん》な脚力を活《い》かし、頭蓋骨《ずがいこつ》から生えている鋭利な角を利用した体当たりで敵を吹き飛ばす。

これほど頼りになる羊はいない。本来なら人には懐かない生物だ。

『グリモリの集落』はここから十五日ほど進んだ場所にある。往復でも三十日はかかるので、強靭な足は必須だ。

今回の目的は、薬や薬草などの確保。この集落で採れた鉄鉱石や金属製品などと交換してもらう。冬でも農作業を行う場合もあるし、除雪などで金属のスコップなど役立つはず。それに、鍋や包丁など、生活で役立つ金属製品はいくらでもある。

断られる可能性もあるが、なんとしても手に入れる。すると、アテナが水やりから戻ってきた。

「あー寒い～……アロー、ご飯まだ？」

「ん、ああ、もうすぐできるぞ」

薬を確保できなかったら……そんな考えが浮かんでしまった。


お昼を食べ終わり、ゴン爺の家に向かう。グリモリの集落までの道のりと、注意事項の確認だ。

「来たか、待っておったぞ」

アテナにルナを任せ話を聞く。ゴン爺も、余計なことを言わず、テーブルに地図を広げた。

「いいか、グリモリの集落まで距離はあるが、そこまで危険なルートではない。山道や岩石地帯を通るルートもあるが遠回りになる。雪が降ることを考えて、最短距離を突っ切るルートで行こう」

「最短距離……つまり、平原越えですね？」

「うむ。平原では身を隠せるような遮蔽物《しゃへいぶつ》はあまりない。魔獣に襲われればそこで終わり、じゃが……ここはアテナちゃんの強さを信じて進め」

アテナの強さは、狩人であるパーンの人たちも一目置いていた。

本人は実力の二割程度で中型魔獣を狩ってるらしいけど……本気出したらどうなるんだろう。

「いいかアロー、お前の役目は休む場所を探すことじゃ。平原のど真ん中で休むようなことはあってはならん。岩と岩の間、洞窟、林の中、とにかく急ぎつつ、身を隠し休む場所を見つけろ」

何度も確認したが、平原では身を隠す場所があまりない。日が暮れるのも早いし、休憩場所の確保は命に関わる大事な作業だ。

それからいくつかの注意事項を聞いて、ゴン爺の家を後にした。

日が暮れるのは早い。今日はもう帰ろう。


それから、準備は滞りなく進んだ。

俺たちの食料や水など旅の荷物、鉄鉱石や金属加工品、それらを積む幌付き荷車。

荷車はブラックシープたちに引いてもらう。三匹合わさればかなりの重量でも運べるし、車輪や車軸は頑丈な金属製なので、多少荒っぽくしても問題はない。

出発の前日、全ての積荷を荷車に載せ終わると、ドンガンさんが家に来た。

「おう、できたぞ」

ドンガンさんの手には細長い包みがある。アテナはそれを受け取り、嬉しそうに包みを剥《は》がす。

包みの中は、一本の黒い鞘に収められた片刃剣だった。アテナは凝った装飾の施された柄《つか》を握り、スラリと抜く。

「どうだ？」

「いいわ。ありがとう」

「おう。やれやれ、久し振りに納得できる一本だぜ。ゴン爺の剣を芯《しん》にして高純度の玉鋼を使った。オレにもよくわかんねーが、打ってるうちに刃に妙な乱れ模様が現れてな……まぁ、強度に問題はねぇし、いい柄だと思ってそのままにした」

剣というモノがこれほど美しいなんて、俺は初めて思った。

剣という武器は両刃が基本で、斬るというよりも重量で叩き潰すという表現が近い。だが、この剣は細く片刃しかないし、少し反り返っている。それに……刃《やいば》があまりにも鋭すぎる。触れただけで切れてしまいそうな武器だ。

「いいわね、これ……気に入ったわ」

アテナの銀髪と同じくらい、刀身がまばゆい銀色に輝いている。

まるで、アテナのためにあるような……そんな剣だった。

「おいアロー、お前にもプレゼントだ」

「え、あ、どうも」

ドンガンさんが俺にくれたのは、様々な形状の包丁セットだった。

細いモノや大きいモノ、ギザギザしたモノや短いモノと、用途に応じて使い分けられるようになっている。渡す物を渡したドンガンさんは、「徹夜続きで疲れた。オレは寝る。気を付けて行けよ」と言って去っていった。

こうして、全ての準備は整った。

出発当日。ブラックシープたちと荷車を繋げる。三匹には頑張ってもらわないといけないから、たっぷり食事させて水もいっぱい飲ませた。

ヌイヌイさんが作った分厚いコートを着込み、集落前まで移動する。

「よし、けっこう揺れるけど荷車の調子はいいな」

「うんうん、なんか冒険っぽくていいわね!!」

「あのな……遊びに行くわけじゃ」

「わかってるわかってる、薬を貰いに行くんでしょ？」

アテナは、灰色っぽいモコモコしたコートに、耳当てを着けている。

コートの上からベルトを巻き、『ゴン爺の剣』を装備していた。

ちなみに、ファウヌースは荷車の中で、木箱を改造してたっぷりのクッションを敷き詰めたルナ専用のベッドの中にいる。こいつはルナのお守り、そして集落を出たら御者を任せるつもりだ。

そもそも、ブラックシープのボスはファウヌースなのだ。こいつの命令ならなんでも聞く。

すると、集落前にみんなが見送りに来てくれた。

「アロー、薬草のリストは持ったか？」

「はい、大丈夫です、ドクトル先生」

「アロー、気を付けろ。アテナ、アローをしっかり守ってくれ」

「まっかせなさいよジガン、あんたは心配性なのよ!!」

ドクトル先生から貰った薬草・薬品リストは荷車に積んである。

ジガンさんはアテナに言われて苦笑していた。

「いいかいアテナ、冬の魔獣を侮るんじゃないよ」

「わかってるってウェナ。それより、お土産期待してなさいよ」

「やれやれ、あんたはお気楽だねぇ。だけどそんなところが頼もしいのかねぇ」

ウェナさんはアテナと話しつつ、ゲンバーさんと肩を組んでいる。おいおい、もしかしてこの二人……と、訝《いぶか》しんでいるとゴン爺が前に出た。

「アロー、アテナちゃん、気を付けるんじゃぞ」

「ゴン爺……大丈夫です。必ず薬を確保してきます」

「そうそう、ゴン爺こそ家でおとなしく待ってなさい。寒いんだから風邪引かないようにね!!」

「ほっほっほ、そりゃそうじゃの」

さて、そろそろ出発だ。アテナは荷車に乗り込み、俺は御者席へ座る。

すると……上空から白いフクロウが飛来し、俺の肩へ止まった。

「ミネルバ、行くぞ」

『ぴゅいぃぃ』

ブラックシープの尻を軽く叩き、ゆっくりと走らせる。

「行ってきまーっす!!」

アテナが荷車から身を乗り出し、手をブンブン振っている。

俺は御者席に座ってるから見えなかったが、きっとゴン爺たちも手を振っているだろう。

この集落のために、必ず薬を手に入れる。だけど、俺はまだ気付いていなかった。

真に恐ろしいのは冬の寒さではなく……ルナの幸運の力だってことに。

第七章　冬の進行

冬の日暮れは恐ろしく早い。

目的地に向けて平原を真っ直ぐ進み、出てくる魔獣はアテナが嬉々《きき》として狩りまくる。

御者をファウヌースに任せた。器用に御者席に座り、ブラックシープたちに命令を出している。

俺はそこそこ揺れる馬車の中で、ルナをあやしていた。

「あぅあ」

「よーしよーし、いい子だ」

「あお、あお」

「青？　ははは、これは青じゃなくて赤だ。あ、か」

「あおー」

ルナは俺の赤いマフラーに手を伸ばし、キャッキャと笑っている。ルナはこの旅の癒やしだね。

アテナはというと、荷物の上に寝転がっていた。まぁ、さっき現れた小型魔獣の群れを一人で倒していたから文句は言わない。

俺はルナをあやしながら、外も観察する。ゴン爺は言っていた。平原は遮蔽物があまりなく、身を隠す場所を見つけることが俺の仕事だと。

周囲は乾いた大地と雑草ばかりで、身を隠せる場所なんて大きめの岩くらいしかない。それに、お昼を過ぎた辺りで雲が出てきた。日の光が弱くなり、このままだと雨か雪が降るだろう。

そして、それは思ったより早かった。

「マズいな……雪だ」

多分、初雪だ。水気の多い、ボタボタとした雪が降ってきた。

ブラックシープは全く意に介していないが、俺たち人間はまずい。

どこか日陰で火をおこして暖を取らないと、命に関わる。

「えっと、まずは毛布でルナのベッドを温めて、と」

クッションの詰まった籠にルナを戻し、フワフワの毛布で優しく包む。すると気持ちいいのか、ルナは眠ってしまった。俺は御者席に移動し、ファウヌースに聞く。

「どこかいい場所あるか？」

『もちろん、あそこや』

ファウヌースはすでに見つけていた。前方に、小さな雑木林があった。まるで俺たちのために現れたような、あまりにもいいタイミングだった。

『雪がチラつき始めた瞬間に見つけたんや。まるでワイらのために木が生えてきたのかと思ったで』

「あー……確かにな。それに、小型魔獣もだよな」

『ええ、オークやろ？』

「ああ。ここまで出てきた魔獣、全部食える魔獣だ」

『これもルナはんの力なんやねぇ……』

そう、平原越えはあまりにも楽勝だった。

林の中には大きく抉れた岩があり、その隙間に馬車を停めた。木が生い茂ってるおかげで、雪が降り始めても地面はまだ濡れていない。アテナにルナを任せて乾いた薪を拾い、積んでおいたかまど用の岩でかまどを作り火をおこす。

ここまで大した時間は経過していないが、辺りはすでに真っ暗だった。

この辺りには水場がない。ブラックシープたちに水を飲ませてやりたいが、今日は我慢してもらうしかない。俺は、アテナが狩ったオーク肉を軽く炙り、ブラックシープたちに振る舞った。

「お疲れさん、水は明日まで我慢してくれ」

『『んメェ～』』

「んめぇって……ははは、美味いのか？」

ブラックシープたちは肉を食べると寝てしまった。すると、馬車からアテナが出てきた。

「アロー、ルナのオシメなら替えたわよ。今はファウヌースが見てる」

「よし。じゃあメシにするか」

食事を終え、ルナはファウヌースと一緒に眠ってしまった。

夜泣きもしないし、朝までぐっすり眠るだろう。俺とアテナは、火を囲んで白湯を啜っていた。

「もっと吹雪《ふぶ》くかと思ってたけど、水っぽい雪だし、積もりはしないだろうな」

「そうね。魔獣も大したことないし、これもルナのおかげかしらね」

「かもな。ははは、ルナは幸運の女神だな」

「何をいまさら言ってんのよ。初めからそう言ってるでしょ」

アテナとの時間は穏やかに過ぎる。雑木林が壁となり屋根となり、雪はほとんど落ちてこないが、寒いことは寒い。俺は毛布を出してアテナに渡す。

「ほら、寒いだろ」

「うん、ありがと」

「……って、な、なんだよ？」

「別にいいでしょ。寒いのよ」

アテナは俺の隣に座り、毛布を自分だけじゃなく俺にも掛ける。

会話なく、白湯を啜る。ドキドキするけど、不思議と心地良い。アテナを横目でちらりと見ると、白湯が熱いのか顔が赤くなっていた。

こうして見ると、本当に美人だと思う。サラサラの銀髪に整った容姿、スタイルもいいし、それに見合わないくらい活発でハキハキして、集落のみんなから好かれてる。

そんなアテナが、こんな近くにいる。

「ねぇ、アロー」

「……ん？」

「あんた、私のこと好き？」

いきなりすぎて驚いた。ふと、リューネの姿が脳裏にチラつく。だが、かつての幼馴染みとの思い出は、気泡のように弾《はじ》けて消えた。

そして、その上に被さるように、アテナとルナとの思い出が膨らんでいく。

初めて出会った時のこと、一緒に冒険したこと、一緒に暮らして笑い合ったこと、そして今……

こんなに近く隣に座っていること……俺の気持ちは決まっていた。

「好きだよ、アテナ」

アテナは、俺を真っ直ぐ見た。俺も負けじとその視線を受け止める。

言葉は勝手に出てきた。

「裏切られて、孤独で、寂しくて、真っ暗だった。でも、集落のみんなが優しくしてくれて、お前とルナが俺を照らしてくれた……アテナ、本当に感謝してる。俺は……お前が好きだ」

嘘偽りのない気持ちだった。アテナに好きかと確認され、ようやく気が付いた。

俺は、アテナと一緒にいたいと思っている。

「私も、アロー以外は考えられないわ」

「え……」

「ずっと一緒にいるんだもん。限られた人の生を、アローと一緒に歩いていきたい……そう思う」

「アテナ……」

「な、なんか恥ずいわね。もう……」

恥ずかしくなり、顔を背ける。でも、俺とアテナは両思いだった。これだけでも嬉しい。

すると、アテナのアホは言った。

「よし!!　アロー、子供作るわよ!!」

「ブフッ!?　な、何を言ってんだよお前!?」

「決まってるじゃない。私、人間の身体になったら子供を作ってみたいって思ってたのよ。ルナも赤ちゃんだけど、自分で作った赤ちゃんを育ててみたい!!」

「あ、あのな……ああもう、そういうのは集落に帰ってからだ!!」

「本当に!?　約束だからね!!」

俺は頭を押さえ、興奮するアテナに苦笑した。

翌日から、雪が降り始めた。粒が小さい粉雪で、晴れ間も見えるし積もることはなさそうだ。だけど、雪であることに変わりはない。

急ぎ『グリモリの集落』へ向かい薬を分けてもらい、急ぎカナンの集落へ帰るんだ。ブラックシープたちも頑張ってるし、急いで行かないと。

「それにしても、魔獣が大したことないな」

「ったく、何が『冬の魔獣は手強い』よ。出てくるの雑魚ばっかだし。まぁ美味しい魔獣なのは嬉しいけど」

「俺としては出て欲しくないんだけどな」

「あぅう、ばぁ」

「はいはーい、寒いのか、ルナ？」

御者をファウヌースに任せ、俺とアテナとルナは狭い荷車の中で寄り添っていた。不思議と温かく心地良い。

「これもルナのおかげなのかな。ありがとう」

「ほんと、ルナ様々ね。私としては強い魔獣が出て欲しいけど」

「あぉ、あぉ」

「おっと、どうした？」

ルナが俺のマフラーを引っ張る。どうも青いマフラーがお気に入りなのかと思ったら。

「あぉ、あろ、あろー」

「え……？」

「あ、ろー、あろー、あろー」

「あ、ははは、アロー、アローだよルナ!!」

「あろー、あろー」

ルナは、俺の名前を呼んでくれた。俺は涙を零し、ルナを抱きしめていた。

こんなにも、嬉しいことは今までなかった。

「ちょ、アローばっかりズルい!! ルナ、アテナよあーてーな!!」

「あぅ？ あろー」

「あろーじゃなくてアテナ!!」

「ちょ、おいアテナ、狭いんだから騒ぐなよ」

「うるさーい!! ってかアロー、ニヤニヤすんな!!」

粉雪の降る寒い日中。ルナは、俺の名前を初めて呼んでくれた。

それは、冬の厳しい寒さの中で、俺の心を温かくしてくれた。


アテナに告白して数日。

順調に羊の荷車は進むが、どうしても自然の力には抗えない。

先に進むにつれ、雪が多く、重い雪が降るようになってきた。しかも吹雪で前が見えず、流石のブラックシープたちも参っているように感じた。

だが、何もない平原で立ち往生はまずい。俺は吹雪の中、御者席に座り、必死に左右を見渡す。

「くそ……見えない。アテナ、お前も避難場所探すの手伝え!!」

「わかったわ、ちょっと待って!!」

アテナはルナを寒さから守るためと荷車の振動から守るため、バスケットの中のクッションを増やし、動かないようにロープで固定していた。

「お待たせっ!!　……酷い吹雪ね」

「俺じゃあまり見えない。お前の視力ならどうだ?」

ちなみに、アテナの視力は鳥並みらしい。遠距離近距離はもちろん、暗い場所でもよく見えるとか、パーンの狩人が驚いていた。こんな真っ白な場所を見るだけで避難場所なんて見つかる……。

「……見っけ!!　ファウヌース、あっちに洞窟がある!!」

『へ?　ど、どこでっか!?』

「あっちよ、あっち!!」

『……アローはん、見えます?』

「見えるわけないだろ……ただの吹雪の壁だぞ」

アテナが指さした方向はただの暗闇だ。俺とファウヌースは顔を合わせ、アテナを見た。

「ほら、私を信じなさい!!」

「……よし、ファウヌース、頼むぞ」

『わかりました。アテナはんを信じます!!』

ファウヌースはブラックシープたちに命じ、アテナが指さす方向へ向かわせる。

だが、恐るべき事態が起きた。

「……止まってファウヌース」

『へ？』

「何かいる。これ……魔獣ね」

『……ホントや。ヤバい、これはワイの手には負えん』

ファウヌースは、ブラックシープたちを止めた。

すると、吹雪の中から、大きな影がのっしのっしと現れた。

「な、な、な……なんだ、これ」

『あわわ……ほ、ホワイトベアや』

『『メヘェェェェっ!!』』

ブラックシープたちが威嚇したのは、巨大なシロクマだった。大きさは三メートルを超えている。

『ゴルルルル……グルァァァァァッ!!』

「やたっ、熊肉ゲット!!」

シロクマの威嚇とアテナの歓喜の声が重なったのは、同時だった。

吹雪の中、アテナは剣を持って飛び出した。

「ちょ、アテナ!!」

「よーし今日は熊鍋よっ!!」

飛び出したアテナはすぐに吹雪で見えなくなる。

聞こえるのは、ホワイトベアの唸り声とドスドスと踏みしめる大きな足音だけ。

アテナの強さは知ってるが、流石にこの吹雪じゃ危険だ!!

「ファウヌース、アテナを追うぞ!!」

『心配ご無用やで、兄さん』

「何言ってんだ!!　いくらアテナでもこんな視界の悪い吹雪の中で戦うなんて無茶だ!!　あいつに何かあったら」

『……心配性やなぁ兄さん。あのアテナはんが、人間界の魔獣如《ごと》きにやられるわけないやん。あの御方、神界でも戦神様を相手にして勝つような御方なんやで？』

「でも……」

『兄さん、アテナはんに告白してから心配性になりましたなぁ。ふひひ、愛する者同士、こんなとこで死ぬわけにいかんもんなぁ』

「……ふんっ」

『あだぁっ!?』

ファウヌースにゲンコツをお見舞いし、アテナの向かった方に向かおうと手綱を握る。焦りが俺を支配した。

「終わったーっ!!　アロー、今日は熊鍋よーっ!!」

そんな歓喜の声が聞こえた。ファウヌースと顔を合わせると、このピンクの羊は言った。

『ほらね』

アテナの声がする方にブラックシープたちを走らせると、洞穴の目の前で仁王立ちするアテナがいた。しかも近くには巨大なシロクマがキレイに首を切断され転がっていた。

「ふっふっふ。この洞穴まで誘導してから首チョンパ、すごいでしょ？」

「……お前な、心配かけるなよ」

「あーら、こんな雑魚にやられるわけないでしょ？　ってかアロー、いつもは心配しないのにどうしたのよ？」

アテナに気持ちを伝えたからか、アテナが心配になったなんて言えない。なんか恥ずかしい。

すると、アテナのヤツは脳天気に言った。

「ま、いいわ。それより洞穴に入って休みましょ。この広さなら荷車ごと入れそうね」

「あ、ああ」

『……ちょい待ち、アテナはん、アローはん。その洞穴やけど……なんかおるで』

「え？　まさか、また魔獣か？」

『……ワイが先に行くで。大型魔獣じゃない限り、ワイの力で服従させられる』

どうやら、まだ危険は去っていない。アテナは馬車に戻り、ファウヌースはチョコチョコ洞穴の中へ入っていった。緊張して待つと、ファウヌースは戻ってきた。

「大丈夫か？」

『いやーまぁ、その……魔獣はいたんですが、とりあえず入って見てください』

「……食われないか？」

『ワイが話をしたんで平気です。それより、ちと可哀想なんで、助けてやってくれませんか？』

アテナと顔を見合わせ、とりあえず荷車で洞穴へ。ランプに火を灯しておく。

洞穴内は広いが、奥行きはそれほどでもない。

洞窟の奥には、二匹の巨大狼と、その子供らしき小さな狼が三匹いた。近づいてもピクリとも動かず、こちらをじっと見ている。どうやらファウヌースが屈服させたおかげらしい。

「……これは確か、ダイアウルフだったか？」

『ええ。どうやら腹ぁ空かしてるようで……できたら、アテナはんの仕留めたホワイトベアの肉を、分けてやってくださいな』

「そうだな。いいかアテナ？」

「う～ん……まぁいいわ。可哀想だしね。でも全部はダメよ」

「いや、あんなデカいの全部は食えないだろ……」

俺は外へ出て、ホワイトベアの肉を切って袋に詰める。毛皮の処理をしてる暇がないので、内臓をメインに袋へ詰める。こういう作業にもだいぶ慣れた。昔は吐き気を堪《こら》えながらやっていたが、今では特に気にならない。再び洞穴へ戻り、新鮮な内臓をダイアウルフの前に出してやる。

『グルル……』

『大丈夫、兄さんはいいお人やで。あんたらが飢えないように、ホワイトベアの肉を持ってきてくれたんや。たーんとお食べ』

『キャンキャン!!』

『ガウガウ!!』

『クゥーン』

ファウヌースがそう言うと、ダイアウルフの子供たちは肉にかぶり付いた。

よほど腹が空いているのか、一心不乱に内臓を貪《むさぼ》る。

子供たちだけで内臓がなくなりそうだったので、親たちが食べる用の内臓を追加で取りに行く。

どうやら子供たちを優先して余った肉で済ませようとしてるようだ。

親にも肉を与え、その間に火をおこす。鍋に雪を入れて煮沸して水を作って冷やすと、あっという間に水ができた。それをダイアウルフの前に出すと、美味しそうにペロペロ舐めていた。

「アテナ、ブラックシープたちの手綱を外してやってくれ。俺はホワイトベアの肉を捌くから」

「わかった。ねぇねぇアロー、あの狼の子供めっちゃ可愛くない？」

「……わかる。モフモフしたいな」

とりあえず、今は肉を取ろう。

吹雪の中で解体をしたおかげでグッショリと濡れたが、洞穴内は暖かかった。荷車が入口を塞ぐ形で停まっているので、熱が逃げないようだ。

アテナはいつの間にかダイアウルフの子供にじゃれついてる。正直羨ましいが、食事の支度をしよう。

ホワイトベアは臭みが強いかと思ったがそうでもない。このまま調理に使えそうだ。

アテナの希望で鍋物にするため、肉をたっぷり入れて野菜と一緒に煮込む。味付けは塩しかないが、熊肉の出汁《だし》がよく出ているのでいい味が出ていそうだ。

ルナ用に離乳食と、まだまだ大量にある熊肉を炙ってブラックシープたちとファウヌースへ、そしてダイアウルフたちにも追加で振る舞った。

それでも大量に肉が余ったので、軽く濡らして外に置く。するとあっという間に冷凍肉が完成。

気温も低いし、しばらくは持つだろう。

俺はルナを着替えさせてクッションに戻す。するとルナはスヤスヤと眠ってしまった。

「アテナ、俺らもメシにしよう」

「うん。見て見てアロー、この子たちすっごい可愛い!!」

『アンアンッ!!』

『キャウンっ!!』

『クゥーンっ』

ダイアウルフの子供はアテナにじゃれついてる。

ファウヌースが軽く鳴くと、子供たちは親狼の元へ行き、そのまま眠ってしまった。

親狼はおとなしく俺とアテナを見て会釈する。

『子供たちがすまなかったって言うとります』

「ああ、気にすんな。それより、明日も肉をやるから、ゆっくり休んでくれ」

『クゥーン……』

親狼は、再び会釈した。さて、俺とアテナは夕飯を食べることにする。

メニューは熊肉と野菜の塩スープに堅パン。パンはスープに浸して食べる。

「……うん、美味いな」

「熊肉美味しい～っ!!　アロー、また狩るから調理よろしく!!」

「あのな……こいつの解体すごく大変なんだぞ」

談笑しつつ、完食。食後に白湯を淹れ、アテナは俺の隣に寄り添う。

ブラックシープたちはいつの間にか寄り添って眠り、ファウヌースもルナのバスケット近くでぐっすり眠っている。起きてるのは俺とアテナだけだ。

アテナに告白してから数日。アテナは俺に寄り添うようになった。

こうして肩がくっつく距離になると緊張する。俺も男だし、そういうことをしたい気持ちはある。でも、集落に帰ったらと自分で言ったし……アテナも、こんな旅の途中でなんてイヤだろう。

アテナをチラリと見ると、目が合った。

「……アロー」

「……な、なんだよ」

「アロー、なんか冷たい」

「……あ、悪い。着替えてなかった」

そういえば、外で解体作業して着替えてなかった。上着は脱いで干してあるが、中の服はそのままだ。このまま寝ると体調を崩す可能性がある。俺はアテナに謝り、着替えようとした。

「アロー、脱いじゃえば？」

「え……ああ、うん。着替えるから」

「じゃなくて、その……私もアローにくっついたら服濡れたし、着替えるし……」

「……うん」

「その、一緒に脱いじゃう？」

それが、何を意味してるのか俺でもわかった。心臓が、面白いくらい跳ねてる。間違いなくアテナにも聞こえてる。

「……ここじゃ、マズいだろう」

「そう？　でも……してみたいなー、なんて」

「……それ以上言うな。耐えられない」

「私はここでもいいよ？　その、これから何度もするんだし、初めては痛いってウェナが言ってたし……痛いのが過ぎれば幸せな気持ちになれるって言うし……」

「こ、こんな場所でいいのかよ……ルナやファウヌース、ブラックシープたち。それにダイアウルフもいるんだぞ？」

「みんな寝てるじゃん。もうアロー、さっきから言い訳ばっかり。その……私と、したくないの？」

「……したい。だからこそ、ちゃんとした場所で……んぐっ⁉」

アテナは、俺に接吻《せっぷん》してきた。突然で反応できなかった。顔をガッチリ掴まれ接吻してる。

アテナはゆっくりと唇を離す。

「もういいでしょ？　……するわよ」

もう、ガマンできなかった。地面にシートを敷き、毛布を敷く。

俺とアテナは服を脱ぎ、抱き合って毛布の上に寝転がり、更にその上から毛布を被る。

「アロー、あったかい……」

「アテナも……あったかくて、柔らかい……」

いつも元気いっぱいでちょっと抜けてるアテナが、こんなにもしおらしくて可愛いなんて。

子供はまだ早いけど、行為によって愛を深めることはできる。今はただ、アテナと愛を確かめ合いたい。

初めての夜は、吹雪の冷たさを忘れるくらい熱かった。


翌日。昨夜の吹雪が嘘のように雲一つない晴天だった。まるで、俺とアテナの熱が全てを溶かしてしまったような、そんな天気だった。

「……ん」

「んぁ……アロー」

毛布の中で、生まれたままの姿で俺はアテナを抱きしめていた。

お互い初めてでぎこちなかった。俺は初めての女の体に興奮し、アテナに無理をさせてしまったかもと反省した。柔らかくスベスベで、ずっと触れていたくなるような。

「んぅん……」

アテナが寝苦しそうだったので身体を離すと、アテナの裸体が飛び込んできた。

昨夜、何度も触れた白い肌に、俺はゴクリと喉を鳴らす。すると。

「ふぅえぇぇぇん!!　えぇぇぇぇんっ!!」

『わわわっ、ルナはん、よーしよーし、いい子いい子やで』

ルナの鳴き声が、洞窟内に響いた。ファウヌースが飛び起き、ルナをあやす声が聞こえた。

俺の身体がビクッと跳ね、アテナが寝ぼけ眼を擦りながら起きてしまった。

アテナは裸のまま背伸びをする。

「ふぅ、ん～……ふぁ、おふぁようアロー」

「ああ、おはよう……その、胸隠せよ」

「ん、別にアローならいいわよ。ほれほれ、触ってもいいわよ」

アテナは胸を俺の眼前に持ってきてプルプル揺らす。こいつ、ホントに恥ずかしくないのかよ？

「ば、バカ。いいから着替えるぞ。天気もいいし早く出発しよう」

「はーい。ねぇねぇアロー、これで赤ちゃんできたかな？　男の子かな？　女の子かな？」

「いや、赤ちゃんはまだ早いって言っただろ？」

「むー……まぁそう言ったけど」

行為はしたが、子供はまだ作らないことにした。ルナもまだ小さいし、赤ちゃんを育てる経験がない俺たちではまだ不安だ。なので、ルナを育てながら赤ちゃんの育て方をしっかり学び、カナンの集落での生活が安定してから子作りをするようにした。

「とにかく着替え……あれ？　ダイアウルフがいない」

「あ、ホントだ……行っちゃったのかしら」

するとルナをあやしていたファウヌースが荷車から飛び降りてきた。

『うっひひ、昨夜はお楽しみだったようで』

「アテナ、この羊って美味いのか？」

「食べればわかるんじゃない？　でも小さいし、食えそうな肉は少ないわね」

『ちょ、じょ、冗談や冗談!!　怖い顔してこっち見んといて!!　それより、ダイアウルフの家族なら、外で昨日のホワイトベアの肉の残りを食っとりまっせ』

俺とアテナが着替え、外を見ると、狼の家族がホワイトベアの肉を貪っていた。すごいな、解体して残った肉は出しっぱなしだからカチカチになってるのに、ボリボリ噛み砕いている。

俺たちも朝食を済ませ、ブラックシープたちにエサを与えて手綱を繋いで荷車を外へ出す。

「さて、行くか」

「そうね、また魔獣出たら狩ってやるわ。んふふ」

「言っとくけど、解体はマジで辛いんだからな？」

ダイアウルフたちはまだ肉を食べている。お腹も膨れたようだし、もう心配なさそうだな。

俺は御者をファウヌースに任せ、ルナを抱いてるアテナの隣で地図を広げる。地図にこの洞穴を書き足しておこう。俺とアテナの初めての場所だ。

「今日か明日には到着すると思う。また天気が荒れないといいけど」

「大丈夫よ、ルナもいるし」

『じゃ、行きまっせ』

荷車が走り出して数分。ちょっと驚いたことがある。

「ねぇアロー、この子たち」

「ああ。ダイアウルフ……まるで、この荷車を守ってるみたいだ」

そう、ダイアウルフの親子が荷車に付いてくる。親狼が荷車の両脇に追従し、子狼三匹はブラックシープたちの前を走ってる。するとウズウズしたのか、アテナが荷車から飛び降りて子狼三匹たちと一緒に走り出した。

「さぁこっちよ!!　私に付いてきなさーい!!」

『キャンキャン!!』

『ワォンワォン!!』

『クゥーンっ!!』

　実に楽しそうだ。というか、どうして?

『どうやら、兄さんに感謝しとるみたいでっせ』

「感謝って……肉のことか?」

『ええ。子供たちが飢えなくて済んだのも兄さんのおかげ言うとります。このまま付いていくそうですわ』

「本当か?　むぅ……まぁいいか。アテナも楽しそうだし、子狼三匹も可愛いしな」

　こうして、狼一家を旅に加え、ブラックシープたちは平原を駆ける。

　途中で出会う魔獣はアテナが倒し、ブラックシープたちと狼一家の食事となる。もちろん、俺やアテナの分もキープし、グリモリの集落へ持っていくお土産としていくつか肉をキープした。

　食事を終えた小休憩中。三匹の子狼はすっかりアテナに懐き、じゃれついていた。

「よし、この子たちを立派な狩人に育ててあげる。今日からあなたたちは私の弟子よ!!」

『キャンキャン!!』

『ワォンワォン!!』

『クゥーンっ!!』

「お、おいアテナ、そんなの勝手に……」

『……ふんふん。兄さん、親たちはアテナはんならええと言うとります』

「決まりね。じゃあ名前を決めないと。そうね……まず、お父さんがシロ、お母さんがユキ」

大きな二匹の親狼。ぶっちゃけ見分けが付かないが、アテナにはわかるらしい。

名前を付けてもらうと、シロとユキは嬉しそうな遠吠《とおぼ》えをした。

「で、まず貴方がホワイト。貴女がブラン。貴女がスノウよ。これからよろしくね!!」

『キャンキャン!!』

『ワォンワォン!!』

『クゥーンっ!!』

「……ファウヌース、わかるか?」

『まぁワイは声が聞けるから識別できますけど……兄さんにはわからんかも』

こうして、ウチの家族に狼一家が加わった。

平原を進むこと数時間、日暮れまであと二時間ほどの距離になった頃だった。

不測の事態というのは、いつも唐突にやってくる。

「お、集落が見えた……ん?」

平原が終わり、大きな岩山の近くまで到着した。地図ではこの岩山に『グリモリの集落』があり、魔獣避けの木々に囲まれるように、人の手で作られた囲いが見えた。

だが、不自然な点がいくつもあった。

「……なんか、囲いが壊れてる？　何かあったのか？」

魔獣避けの木々が倒れていた。近づくにつれてわかったが……どうやら倒れてるんじゃない、無理矢理倒したように根元から折れていた。それだけじゃない。近づくにつれて聞こえてきた。

「……これ、悲鳴か？」

「アロー、あそこの集落、魔獣に襲われてるわ」

アテナの顔が厳しくなる。近づくにつれ、はっきりと悲鳴が聞こえてきた。よく見ると矢が飛んでいる……戦ってるんだ。

「ま、魔獣の襲撃か!?　なんでこんなタイミングで!!」

『こ、この感じ……大型魔獣、いや……それ以上の気配やで!?』

「なんだって!?」

ダイアウルフの一家も警戒し、子狼三匹はカタカタ震えていた。

アテナは荷車から飛び降りると、子狼三匹を抱えて荷車の中へ入れる。

「ルナ、この子たちをよろしくね」

「あう～」

『キャゥゥン……』

『クゥゥン』

『キュゥーン』

アテナは集落へ視線を向けると、ニヤリと笑う。

「アロー、あの集落を助けたら、交渉は有利に進むかしら？」

「え……いや、感謝されるとは思うけど……」

「なら決まり、ちょっと加勢してくる……ってか、私がやっつける。この感じ、今までで一番面白いヤツかもしれないから」

「お、おい!!」

「心配しなくていいわ。それより、怪我人が出てると思うから、アローは手当ての準備して。恩を売るチャンス、さっすがルナね!!」

「おい、アテナ!!」

アテナは、剣を抜いて集落へ走っていく。慌ててブラックシープたちに指示するが、怯えてしまい動かなかった。つまり、ブラックシープたちが怯えるほどの相手だ。

「くそ、ファウヌース、こっちは任せる。俺はアテナを追う!!」

『わ、わかりました。気ぃ付けて兄さん!!』

俺は護身用の剣を持ち、アテナの後を追った。

アテナが走り出して一分も経ってないのに、もう見えなくなっていた。

俺は雪で足を取られながら、必死で集落を目指して走り……魔獣の正体を知った。

「ば、馬鹿な……せ、雪竜だって!?」

それは、真っ白な竜。トカゲを巨大化させ、翼を生やし、首を長くしたような魔獣。

大型魔獣の中でも最も危険度が高い冬の魔獣。そんなバケモノが、集落の中を暴れ回っていた。

雪竜は、冬に現れる魔獣の中で最強と呼ばれる魔獣だ。

純白の体軀《たいく》に大きな翼、トカゲのような体付きに鋭い爪のある手足。

その生態はよくわかっていない。冬になると現れるということだけで、春～秋はどこで何をしているのか？　何故冬に現れ人里を襲うのか？　ほとんどが謎に包まれている。

俺も、セーレ領の屋敷にある書庫の文献でチラッと見た程度だ。過去、セーレ領で雪竜が現れた記録はない。だが、あの純白の身体を持つ魔獣は雪竜以外にあり得ない。

グリモリの集落入口で、俺は硬直していた。

雪竜は集落の中央で暴れていた。住人は遠距離から矢を放つが、純白の身体はあっさりと弾いてしまう。槍《やり》を持った屈強な男が突進するが、ギザギザの尻尾《しっぽ》で弾かれ鮮血が舞う。

「あ……」

あんなバケモノ、どうすればいいんだ。俺は集落入口から動けず震えていた。

だが……アテナが、あそこにいる。

「はっはっはーっ!!」

『シャァァァァーッ!!』

アテナがいた。雪竜に向かって楽しそうに笑ってる。集落にいた戦士たちは、この少女が何者なのかと首を捻っている。だが、アテナは雪竜の尻尾を躱し、爪を紙一重で避け、ほんの僅かな隙を突いて斬りかかる。

だが、アテナの剣でも雪竜には大したダメージにはならない。

「ったく、硬いわねぇ……でも、私の敵じゃない!!　アロー、さっさと怪我人運びなさい!!」

突如として呼ばれた。俺は全身に電気が走り、ようやく集落の中に踏み込んだ。

集落の中は怪我人で溢れ、雪の積もった地面は赤く染まっていた。雪竜が暴れたせいで、建物も破壊されている。

「くそ……アテナ!!　さっさとそいつを倒せ!!」

「わかってるわよ!!　楽しんでるんだから邪魔すんなっ!!」

雪竜はアテナに任せ、俺は怪我人を運ぶ。近くにいた戦士に聞き、怪我人を集落の奥にある天然洞窟に運び込む。

『こいつは誰だ?』みたいな視線を浴びたが、それらを全て無視し、ひたすら怪我人を洞窟内へ運ぶ。洞窟内には女子供もいて、医者らしき男性が怪我人の治療をしていた。

身体を鍛えていたおかげで、成人男性一人くらいなら楽に担いで走れる。

十人以上を運んだところで、医者らしき男性に引き留められた。

「待て!!　君は誰だ?」

「俺はカナンの集落から来たアローです!!　質問は後、とにかく怪我人を運んできますから治療をお願いします!!　雪竜は俺の嫁が倒すんで心配しないでください!!」

「は?　カナン?　よ、嫁?」

「はい!!」

俺は笑顔で答え、再び洞窟を飛び出した。

集落のど真ん中に向かうと、アテナがとても楽しそうに躍っていた。

「あはははは!!　たっのしーッ!!」

戦いを楽しんでいた。命懸けの状況を笑い、喰らえば間違いなく死ぬ攻撃を躍って躱す。

「おいアテナ、油断するなよ!!」

「はいはい。ふふん、アローがやかましいから終わりにするわ。いい汗掻いたし、お腹も減ったし……あんたの肉、美味しく食べてあげる」

アテナの雰囲気が変わる。女神のような微笑みが、戦神のような不敵な笑みに。

まるでアテナが熱を放ったかのように、ジワジワと雪が溶ける。そして、ついに決着の時。

「戦と断罪の女神アテナの一撃、受けなさい!!」

振り下ろされた剣は衝撃波となり、雪竜を容易《たやす》く両断した。

アテナが見せたのは、初めて出会った時に中型魔獣を一刀両断した技だ。

雪竜は討伐された。俺がアテナに近づくと、アテナが俺の胸に飛び込んできた。

「勝ったわアロー!!」

「ああ、お前ってとんでもないヤツだよ。さすが俺の……」

「俺の？」

「その、俺の嫁だ……」

「えへへ……ん」

「ん……」

俺とアテナは口づけを交わす。素直になれば、こんなにも愛《いと》しく思える。アテナは俺の嫁。

「あー……その、いいかね？」

「あっ、しまっ……す、すみません!!」

いつの間にか近くにいた初老の男性。この人は洞窟で怪我人の治療をしていた医者だ。

すると、医者の男性は頭を下げる。

「キミたちのおかげで被害は最小限に食い止められた。それだけじゃない、まさかあの雪竜を討伐してしまうとは……改めて礼を言う」

「それより、怪我人は？」

「あ、ああ。重傷者はいるが命に別状はない。死者もいない」

「良かった……」

俺たちの功績なんてどうでもいい。この集落で人死にが出なかったのが何よりも嬉しかった。

医者の男性は質問する。

「ワシはこのグリモリの集落の長であるヴァイトじゃ。英雄の名を聞かせてくれんか？」

「俺はカナンの集落から来たアロー、こちらが妻のアテナです」

「えっへへ、つ・ま・の!!　アテナでーす」

「あ、ああ。ところで、何か用があって来たんだろう？　じゃなきゃ冬に他の集落を訪れるなんてことはしないはずじゃ」

「はい。実は……」

「あ!!　ちょっと待ったアロー、私たちの荷車!!」

話の前に、ファウヌースたちを迎えに行くことにした。


ブラックシープやダイアウルフの親子も心配だったが、荷車を迎えに行った俺とアテナは真っ先にルナに駆け寄った。

「ルナ、大丈夫か？　おぉよしよし」

「あう～、ぱ～ぱ、ぱ～ぱ」

「ああ、パパだぞ。よ～し～よ～し」

「むー……ルナめ、アローばっかり名前で呼んだりパパとか言ったり……」

「お前もそのうち呼ばれるようになるって。ほら集落に戻るぞ」

「はーい。ファウヌース、よろしくね」

『わかりました。やれやれ、とんだ目に遭いましたわ』

ファウヌースに御者を任せ、ブラックシープたちは走り出す。ダイアウルフのシロとユキも荷車に追従し、荷車の中にいた三匹の子狼はアテナにじゃれつき始めた。

「全く。子供だから許してあげるけど、あんな白トカゲ如きにビビっちゃダメよ!!」

「あのな、雪竜は……もういいや」

再び集落へ戻り、戦士の先導で長の家まで来た。

ブラックシープやダイアウルフが警戒されたがアテナに任せる。

ヴァイトさんの家に入ると、戦士風の男性と、俺より少し年上の女性が一人いた。

「ささ、座ってくれ。まずは茶でも……と、奥方はどうされた？」

「あー……その、集落を見て回ると」

アテナは、ルナとダイアウルフの子供三匹を連れて集落の散歩に出かけた。難しい話はしたくないそうだ。ブラックシープとシロとユキはファウヌースに任せたし、ここに来たのは俺と……。

「その、そちらは？」

「ええと……友達です」

『ぴゅいーっ!!』

ずっと空を飛んでいたミネルバだ。俺の肩に止まってる。

アテナが「私の代わりね!!」とか言って呼んだが、どこがどう代わりなのか俺が知りたい。

俺は勧められた椅子に座り、ミネルバを気にせず話を始めた。

「この度は不幸な災害でした」

「いいえ、貴方がたのおかげで被害は最小限に食い止めることができました。改めて感謝を申し上げます」

「お気になさらず。こちらとしては、お願いがあって来たのですが……このような状況では」

「貴方は集落の恩人です。内容にもよりますが、できる限り協力させていただきます」

ありがたい。集落を救ったという事実が効いてるのか、意外とスムーズに話が進みそうだ。

でも、欲しいのは薬……怪我人が溢れる状況では難しいかも。

その前に、もう少し聞いておくか。

「こちらの願いの前に、集落の被害状況を聞かせてもらえますか?」

「被害ですか?……ええと、幸いなことに死者は出ませんでしたが、集落の鍛冶屋に手入れを依頼しておいた農具倉庫が壊滅ですな。鉄製の農具や家庭用の鍋など、金属製品は使い物にならない状況です。しばらくは各家庭で貸し借りしなくてはなりませんな」

「……え」

「金属製品は壊滅状態ですが、薬品庫は無事でした。村の最奥の洞窟は季節を通して一定の温度でしてな、薬品の保存には持ってこいの場所なのです。あそこを守れただけでも良かった」

何このタイミング。俺が欲しい薬品が無事で、交換のために大量に持ってきた金属製品が不足してるって……これもルナの幸運なのかね。

「して、そちらの頼みとはなんでしょう？」

交渉は、あっけなく成立した。

これほどお互いの利害が一致したのは初めてかもしれない。ドクトル先生から預かった薬品リストを渡すと、ヴァイトさんは所望数の二倍の薬品を準備してくれた。

こちらも、持ってきた金属製品を全て提供した。農具に生活用品など、どれも高品質の自慢の逸品だ。するとヴァイトさんの家にいた戦士風の男性が言った。

「あの雪竜の肉や素材はどうする？　おっと、オレはダイアー、この集落の狩人だ」

「はじめまして、俺はアローです。と……素材ですか」

「ああ。あれは討伐したあんたの奥さんのモンだ」

「ええと、肉を食べたがってたんで少し肉を分けてもらえれば。あとは集落の皆さんでどうぞ」

「あぁ!?　せ、雪竜の素材だぞ!?」

「はい。荷物になるし、アテナも肉が食べたいとしか言ってないですし」

ということで、雪竜はこの集落に譲った。ダイアーさんは集落の狩人に命令し、雪竜の解体を始めた。さらに動ける人たちが協力して荷車に薬の木箱を積み込んでいる。

アテナはというと、ルナを背負ったまま集落の子供たちと一緒に、ダイアウルフの子供たちを追い回して遊んでいた。途中からユキとシロも交ざり、ついさっきまで雪竜と死闘を繰り広げていたとは思えないほど元気に走り回っている。

その様子に苦笑し、俺は再びヴァイトさんの家へ。

「失礼ですが、カナンの集落に医者は何人おられるのですか？」

「ふた……いえ、一人です」

ミシュアはまだ半人前だしな。医者というかドクトル先生の助手と言った方が正しい。

すると、ヴァイトさんはずっと部屋にいた一人の女性を見て言った。

「こちらは私の娘のカミラと申します。年は二十になったばかりですが、七つの頃から医者として育て上げ、そろそろ一人前と呼べる腕前になります。よろしければ、経験を積ませるためにカナンの集落へお連れいただけないでしょうか？」

「お、お父さん⁉」

俺も驚いたが、カミラと呼ばれた女性はもっと驚いていた。

「カミラ、聞いての通りだ」

「で、でも……」

「いいか、この集落にはワシを含めて医者が六人もいる。お前を含めても七人、はっきり言ってこれ以上はいらん。それに、この集落の住人は病気になっても、なりたての医者であるお前に掛かろうとする者はいないだろう。経験を積むにはカナンのような医者の少ない集落で診療を行え。それに、カナンの医師から習うことも多かろう」

「……お父さん」

「アローさん、どうか娘をよろしくお願いします」

ここまで言われたら断れない。それに、医師が増えるのはいいことだ。ドクトル先生みたいな凄《すご》腕《うで》と一緒にいれば、カミラさんもいい経験になる。

「カミラさん、俺は貴女に来て欲しいと思っています。カナンの集落のために、その腕を振るっていただけないでしょうか」

「……わかりました。カナンの集落のため、できる限りのことをさせていただきます」

俺はカミラさんと握手する。こうして、グリモリの集落での交渉は終了した。

所望数二倍の薬品と医師一人という、とんでもない結果になった。

その後、宴会を開くと言われたが丁重にお断りした。

怪我人もいるし、どんちゃん騒ぎするのは不謹慎だ。なので、ヴァイトさんの家で食事をいただき、なんのイベントもなく翌日になった。

本格的な冬の前に集落へ帰りたいので、すぐに出発する。荷車は薬の木箱でかなり狭い。しかも三人と赤ちゃん一人、ダイアウルフの子供三匹となるとパンク寸前だ。

ヴァイトさん、ダイアーさんに別れを告げ、荷車は出発した。

ブラックシープ三匹は、重さが倍になった荷車を軽々と引いてるし、ユキとシロも荷車を守るように追従してる。

俺たちは、荷車の中で小狼を抱いて暖を取りながら話していた。

「あの、アロー様、カナンとはどのような集落ですか？」

「うーん難しいですね……」

「いいところよー？　みんな優しい楽しいし、カミラも気に入ると思うわ」

「うふふ、楽しみです」

「ぱ～ぱ、ぱ～ぱ」

「お～かわいいかわいい、ルナかわいいい」

抱いていた子狼をカミラさんに渡し、俺はルナを抱っこする。

俺をパパと呼ぶようになったルナ。この子の笑顔は俺を癒やしてくれる。

「アロー、帰ったらいっぱい抱いてね!!」

「ぶっ!?　こ、このバカ!!　カミラさんの前で何言ってんだ!!」

「あ、はは……お、お気になさらず」

「ぱ～ぱ、ぱ～ぱ」

「おぉぉ、はいはい。よ～しよ～し」

間もなく、本格的な冬が始まる。

第八章　超辺境の領主アロー

俺、アテナ、カミラさん、ルナの四人での旅は順調に進んだ。

魔獣も現れず、ダイアウルフ一家とブラックシープたちは速いスピードで進む。

カミラさんがいるからファウヌースは黙っていたが、ピンクの羊は珍しいのか、カミラさんはよく構っていた。そしてグリモリの集落を出て十日後、ついに故郷であるカナンの集落が見えた。

「見えた。カミラさん、あれがカナンの集落です」

「……あそこが。なんだか広い集落ですね」

「はい。このマリウス領にあるいくつかの集落が合わさってますからね」

「はぁ～……久し振りの集落ね。帰ったらのんびりしたいわ」

「あぅぅ、ぱーぱ、ぱーぱ」

「はいはい、よ～しよし」

ルナを抱き上げ、近づく集落を見る。この成果を見たら、みんな驚いてくれるかな。

想定の倍の薬品に、医者のカミラさん。今年の冬は、もう心配なさそうだ。

集落に到着すると、外で作業をしていた人たちが集まって迎えてくれた。

その中にはゲンバーさんとウェナさんがいる。畑で作業していたニケの人たちや、狩人のパーンの人たち、元から住んでいたカナンの人たちが次々に群がってきた。

俺とアテナは一人ずつ挨拶。ウェナさんが一喝すると、名残惜しそうにしながらそれぞれ作業に戻った。

　俺はゲンバーさんとウェナさんに言う。

「ただいま帰りました。ゲンバーさん、ウェナさん」

「おかえり、アローくん」

「ふふ、顔見りゃわかる、いい結果を出せたようだねぇ」

「ウェナさんの言う通りです。薬と医者を確保してきました」

　俺は荷車で荷物を降ろす準備をしていたカミラさんを呼ぶ。

　すると、ちょうどドクトルさんとミシュアが歩いてくるのが見えたので、一緒に紹介することにした。ドクトル先生は来るなり言う。

「帰ったかアロー、薬はどうだった?」

「バッチリです。それと、医者も連れてきました。こちらはグリモリの集落のカミラさんです。カミラさん、こちらはドクトル先生、この集落の医者です」

「は、はじめまして。カミラと申します」

「ドクトルだ。それにしても……若いな」

「は、はい。二十歳になったばかりで……で、ですが、七歳の頃から、医師である父の指導を受けて参りましたので、お力になれると思います」

「それは心強い。お互いに学ぶことがあるだろう、これからよろしく頼む」

「は、はい!!　こちらこそ勉強させていただきます」

　ドクトル先生とカミラさんはガッチリ握手。すると、ミシュアが俺の袖を引っ張った。

「な、なんだよミシュア」

「ちょっとちょっとアローさん、なんですかこの美人さんは。美人で胸も大きくて、しかもお医者って……」

「ははは、ライバル登場だな。頑張れよ」

「むっきーっ!!　アローさんのバカ!!」

ドクトル先生とカミラさんは、荷車に積んである木箱へ。それを見たゲンバーさんが、腕まくりをして言った。

「ドクトル先生、ウチの作業員を連れてきますんで、木箱の運搬は任せてください」

「それは助かる。木箱は診療所脇の薬品庫へ運んでくれ」

「わかりました」

「ではカミラ先生、診療所へ案内しよう。住まいだが、しばらくは診療所の空き部屋で我慢してくれ。家を早急に手配する」

「はい。その、住まいですが、診療所の近くに住むことができたら……」

「わかった。ふふ、流石医者だな」

「い、いえ……」

「うぅぅ～っ!!　そこの二人、さっさと行きますよ!!」

いい雰囲気のドクトル先生とカミラさんを威嚇するように、ミシュアが唸る。

俺は荷車からブラックシープたちを外し、ファウヌースに言う。

「ファウヌース、ブラックシープたちとダイアウルフ一家を家に連れていってくれ」

『お任せを。ふぁ～……なんか疲れましたわ』

「今日はゆっくり休んでくれ。いろいろありがとな」

ピンクの羊に先導され、黒い三匹の羊と狼一家が歩き出す。

それを見送ると、アテナとウェナさんが何か話していた。

ウェナさんの手には、ルナが抱っこされている。

「それでね、洞窟でアローとしたわ。アローってば私をすっごく抱きしめて……」

「ほほう、アローもやるじゃないか。それで、子供はどうするんだい？」

「まだ作らないわ。ルナも小さいし、もう少し大人になったら作ろうって決めたの」

「なるほど。それじゃあいい物をやろう……ほれ、これを持っていきな」

「何これ？　丸薬？」

「ああ。こいつはパーンの集落に伝わる避妊薬さ。これを飲めば、行為をしても子供はできない。あたしも若い頃は、毎日これ飲んで旦那としたねぇ……子供ができちまったら狩人は休まざるを得ないし、かと言って旦那があたしを求めてくるのを拒むのもイヤだったし。ふふふ、効果は実証済みさ」

「おお～……ありがとうウェナ!!」

なんかとんでもない話をしてるようだが、男の俺は入れないのでスルーした。

話が終わったのか、ウェナさんは行ってしまい、ルナを抱っこしたアテナが俺の隣へ。

「んっふふ～♪」

「……さて、ジガンさんとゴン爺に挨拶しに行こう」

「は～い。ねぇアロー、いいの貰っちゃった」

「そうか。じゃあ行くぞ」

「えへへ～♪」

ご機嫌なアテナ、理由は……ポケットに入ってる丸薬の小瓶だろうな。


ゴン爺の家に向かう途中、家に戻ったはずの子狼三匹がこっちに来た。

『キャンキャン！』

『ワォーン！』

『クゥン！』

「お、おいおい、どうしたんだよ」

「ふふ、どうやら遊びたいようね。仕方ないわね」

どうやら小屋から脱走してきたようだ。アテナは器用に三匹を抱っこして抱きしめる。

「うぅん温かい～っ。ぬくぬく」

「……」

「何？　もしかしてアロー、羨ましいの？」

ぶっちゃけ、俺もモフモフしたい。すると、前から見覚えのある親子が歩いてきた。

「戻ったか、アロー」

「あ、ジガンさん!!　ただいま戻りました!!」

「おかえり、アロー君、アテナちゃん」

「おかえりお兄ちゃん、お姉ちゃん!!」

ジガンさん一家だ。俺が帰ってきたのを聞きつけて、家族で迎えに来てくれたらしい。

すると、レナちゃんがアテナのモフモフに目をつけた。

「わぁ～っ。かわいいっ!!」

「ふふ、いいでしょ？　じゃあ一緒に遊びましょ!!」

「うんっ!!」

アテナは三匹を下ろすと、三匹はレナちゃんにじゃれつき始めた。レナちゃんは一匹を抱っこしてモフモフしたり、アテナと一緒に子狼を追いかけて遊び始める。

その光景を眺めながら、ジガンさんは言った。

「ダイアウルフの子供か」

「はい。宿に使った洞窟にいたんです。お腹を空かせていたんでエサをあげたら、ここまで付いてきちゃって……親狼は家に向かわせました」

「なるほど、お前らしいな」

「ははは、お腹を空かせた子連れ狼なんて、助けたくなりますよ」

「そうだな……」

ジガンさんは、俺の頭をガシガシ撫でる。

乱暴そうに見えて温かい手は、父上とはまるで違うのに、父上を感じさせた。

すると、奥さんのローザさんが言う。

「ちょっとあなた、アロー君にあのことを」

「む、そうだったな」

「……あのこと？」

「ああ。お前の家のことだ」

「家？　家がどうかしたんですか？」

不安そうな顔をしたのが悪かったのか、ジガンさんとローザさんは苦笑する。

「実は、ドンガンの奴がお前のためにある物を作ってな。お前の家を増築したんだ」

「ある物……ぞ、増築？」

「ああ。ゴン爺の家の前に、自分の家に帰ってみろ。きっと驚くぞ」

というわけで、まずは家に帰ることにした。


久しぶりの我が家に帰ってきた。

畑を確認すると、ちゃんと整備されている。しかも、冬に育つ数種類の作物が植えられていた。

家を見ると、確かに増築されている。外観はそんなに変化していないが、家の裏手に大きな小屋が設置されていた。

「あれ、こんなのなかったわよね？」

「ああ。これが増築した建物らしいな」

俺はルナをあやしながら建物を見る。

子狼三匹は小屋へ戻した。

狼と羊の組み合わせはまずいかと思ったが、お互いに身を寄せ合ってる光景はとても驚いた。これもファウヌースの影響なのだろうか。

小屋は母屋と繋がり、外からも出入りできるようなので、アテナと一緒にドアを開けた。

そして、驚いた。

「……何これ、鍋？」

「違う……これ、風呂だ!!」

そう、風呂だ。半円級の鉄の鍋の周りを煉瓦《れんが》で固め、川の水をそのまま汲み上げられるように工夫されている。外には薪棚があり、鉄鍋を温められるようなかまどが設置してあった。

すごい、風呂なんてセーレの屋敷以来だ。

「風呂って、お風呂!?　じゃあお風呂入れるの!?　川の水使わなくていいの!?」

「ああ!!　やったぞアテナ、風呂だ風呂!!　あぁドンガンさんにお礼言わなきゃ!!」

「やったやった!!　ねぇアロー、一緒に入ろ!!」

「あ、ああ。その」

「もちろん、その後も……ね？」

アテナは、ウェナさんから貰った小瓶を見せる。俺はゴクリとツバを飲み、大きく頷いた。

まず、ドンガンさんにお礼に向かったら、数人の弟子に鍛冶を仕込んでいる最中だった。どうやらパーンとニケの若手がそれぞれ弟子入りを志願してきたらしい。

お風呂の礼を言うと、照れくさそうにしながら手を振った。

「おめーが来てからいいこと尽くしだ。それに作ったのはオレだけじゃねぇ、ジガンの野郎も手伝ったの聞いてねぇな？　あの野郎め、照れくさいからってオレに丸投げしやがった」

ジガンさんも手伝ったのか。後で改めてお礼を言うことを決め、新弟子のことを聞く。

ニケから来たのはディン、パーンから来たのはロックという若者だ。どうも採掘や狩りをするより鍛冶をやってみたかったらしい。

「くっくっく、仕込みがいのある連中だ。この年にしてオレも若返った気になる。見てろアロー、この集落はもっともっとデカくなるぞ」

そう言って、ドンガンさんはディンとロックを指導する。

俺とアテナはゴン爺の家に向かった。久しぶりのゴン爺は、家の前で薪割りをしていた。

「おお、帰ったかアロー、アテナちゃん、それとルナちゃんも」

「ど、どうもゴン爺……」

「ただいまゴン爺。ゴン爺の剣、すっごい切れ味だったわよ!!」

「そうかそうか。お～お～、ルナちゃんも久しぶりじゃのう」

「あう～」

ゴン爺は上半身裸で薪割りしてたのだが……なんともまぁ、立派な筋肉だった。普段はヨボヨボのおじいちゃんなのに、俺より鍛えられてる。

「さぁ、茶でも出すから話を聞かせておくれ」

「ええ。いやぁ、いろいろありましたよ……」

俺はゴン爺に、旅であったことを話した。ファウヌースたち、ダイアウルフたち、そしてパーンの集落、雪龍の襲来……ゴン爺は興味深そうに聞き、ウンウン頷く。

そして話が終わると、煙管に煙草《タバコ》を入れて火を付けた。

「いい経験をしたな、アロー」

「ええ。セーレ領では経験できない、過酷な旅でしたよ……その、こんな言い方をしていいのかわかりませんけど、かなり楽しかったです」

「うむ。ワシも若い頃は、このマリウス領を旅して回ったモンじゃ。今でこそこんな爺じゃが、若い頃はそれはもう、ムッキムキで強かったんじゃよ」

「アテナにあげた剣を見たけど、けっこう使い込まれてましたよね」

「はっはっは。昔の姿を見せてやりたいわい」

ゴン爺が笑うと、俺も笑った。不思議だな……ゴン爺とは、かなり年が離れているけど、なんだか友達みたいな感じがする。

友達か……サリヴァンの屋敷で会った、他領地の次期当主たちは、俺がこうして追放されたことを、知っているのだろうか。

まぁ……知ったところで「だからどうした」って思うだろう。俺の事情なんて、みんなには関係がないし。

「む、どうした?」

「いや……ちょっと、友達……と呼んでいいのかわからないですけど、思い出して」

「……友人か。会いたいのかの？」

「ええ。向こうは望まないかもしれないですけど……もう一度、話はしたいですね」

「ふふ、大丈夫。きっとまた会える」

「……はい」

ゴン爺の慰めの言葉に、俺は頷いた。


家に戻り、久しぶりに食事を作る。

ローザさんが掃除してくれてたのか、キッチンは綺麗なままだ。羊小屋の藁も新しいのに替えられていたし、家の手入れは留守中にやってくれたようだ。改めて感謝しよう。

アテナとルナと三人で食事し、のんびりする。

ブラックシープたちは食事を終えると寝てしまい、ファウヌースも羊小屋で寝てしまった。

狼一家は、家の中で飼うことにした。

玄関前にマットを敷き、足の汚れを落としてから家に入るように言い聞かせたから問題ない。それに、三匹の子狼がアテナとルナにじゃれついて離れないのだ。

子狼はミネルバにもちょっかいを出そうとしていたが、ミネルバは上手《うま》く躱していた。なんともまぁ、家の中が騒がしくなった。

「アロー、お風呂お風呂、三人で入りましょ」

「そうだな、準備するか」

川の水を直に引いてるため、釜の脇に付けられた給水筒の栓を開けると水が出てくる。

アテナに水の量を任せ、俺は外で薪をくべる。

「アロー、いい感じいい感じー」

「お、そうか」

「うん、早く入りましょ!!」

俺は汗を拭い、風呂場へ入る。

「さ、早く早く」

「……おう」

「なーに照れてんのよ。さっさと脱いで脱いで」

「ぱーぱ、ふお、おふお」

「お、いい感じねルナ。お風呂よお風呂」

アテナは、服を脱いでルナを抱っこしていた。俺も服を脱ぎ、アテナと並んだ。

風呂は温かく、旅の疲れを洗い流してくれた。乱入してきた子狼三匹を洗ったり、アテナが背中を洗ってくれたり、とても気持ちいい時間だった。

こうして、三人でお風呂をたっぷり堪能した。

この日のうちに、アテナと俺の寝室を同じにした。

ルナは隣の部屋にベビーベッドを置き、ベッドの周りをシロとユキが固め、ベッドの中には子狼が当たり前のように入る。

洗ったばかりだし、ルナも嫌がる気配はないし、このままクッション代わりにしてやるか。

「おやすみ、ルナ」

「……くぅ」

「ふふ、可愛い……」

スヤスヤ眠るルナと子狼。ユキとシロに後は任せ、俺とアテナは寝室へ。

するとアテナは、机に置いてあった小瓶から丸薬を一粒つまみ、そのまま飲み込んだ。

「お待たせ、アロー」

「アテナ……」

「ふふ、頑張ってね」

俺とアテナは、朝方近くまで熱く過ごした。


ほんの数時間の睡眠なのに、目覚めはスッキリしていた。

俺の胸の中で寝息を立てているアテナを、起こさないように静かに起きてカーテンを開ける。すると眩しい光が部屋の中を照らした。

「んっ……くぅ～」

全裸で背伸びをして日差しを浴びる。今日からいつもと変わらない日常が帰ってくる。

朝の鍛錬、朝食、冬の支度、畑の整備、集落の見回り。今日も忙しくなりそうだ。

「んん～……」

アテナ、昨日……というか、ついさっきまで起きてたからな。

俺も久し振りだったし、アテナを見て興奮してしまった。とりあえず服を着て、ルナの元へ。

「おはようルナ、狼たちも」

「ぱーぱ、おあよ」

「はは、おはよう。言葉を覚えるの早いな……ふふ、ルナとお喋り、楽しみだ」

『アンアン!!』

『キャンキャン!!』

「おっと、メシの時間か」

『クゥーン』

さて、ブラックシープたちや狼一家にメシをやって、俺たちの食事作って……朝から忙しいな。

でも、俺は楽しかった。これからどんどん忙しくなる。アテナと夫婦になって最初の冬が訪れる。

やることはいっぱいだ。

「さぁ、今日も一日頑張ろう!!」

超辺境の領主アロー・マリウスの一日が始まる。

あとがき

初めまして。作者のさとうです！

趣味はバイク、キャンプ、釣りとアウトドアが大好き。つい最近、北海道にツーリングに行きました。北海道って信号少ないし開放感がすごいです。しかも海産物がとにかくうまい！

今度は伊豆の方へ行ってきます。海沿いをバイクで走るのはとにかく気持ちいい！

執筆は、ノートパソコンさえあれば、どこでもなんとかなるので問題なし。むしろ、外で執筆する方が作業捗《はかど》る場合もある……つまり、気分転換は大事です！


改めてご挨拶を。この度は、『超辺境の領主アローの生活』を手に取っていただき、誠にありがとうございます！

読者の皆様には感謝しかありません！


この作品は『追放からの成り上がり』です。今とても流行している追放系ですが、この作品を書いたのは２０１８年と、もう五年も前になります。まだ追放系が流行する前に書いた作品です。

特徴としては、主人公に特殊な能力があるわけでもなく、土壇場で覚醒してからの無双というのもありません。

主人公のアローは、良くも悪くも『普通の人間』です。役立たずだからと見限られることもありません。

大事な人が傷つけられたら怒るし、悲しければ泣く。どこにでもいる青年がどん底に落ち、成長していく物語となります。

そしてヒロインであり、旅のパートナーとして大活躍のアテナ。癒やしであり幸運をもたらす赤ちゃんのルナと出会い、アローの物語はスタートします。

普通の青年が、チート級の強さを持つアテナと、同じくチート級の幸運を持つルナと共に行動し、今までの不幸がひっくり返るくらい幸せになる。そんな物語を書けたと思います。

web連載も再開しました。書籍版をお買い求めの方も、ぜひチェックしてみてください。

最後に。イラストレーターの匈歌ハトリ先生。アローたちのイラスト、ありがとうございます！幸せそうなアロー、アテナ、ルナを見ると、ぼくもすごく幸せな気分になれます。

そして、この作品に関わった全ての方に感謝を申し上げます。

最後となりましたが、この本をお手に取られたあなたに、最大の感謝を。

またどこかでお会いできたら嬉しいです！

BKブックス

超辺境の領主アローの生活

～濡れ衣を着せられ追放されましたが、
二人の女神と新生活を送ります～

2023年10月20日　初版第一刷発行

著　者　さとう
イラストレーター　匂歌《きょうか》ハトリ

発行人　今 晴美

発行所　株式会社ぶんか社
〒102-8405　東京都千代田区一番町29-6
TEL 03-3222-5150（編集部）
TEL 03-3222-5115（出版営業部）
www.bknet.jp

装　丁　AFTERGLOW

編　集　株式会社 パルプライド

印刷所　大日本印刷株式会社

ISBN978-4-8211-4673-4

Printed in Japan